また殺されてしまったのですね、探偵様

Killed again, Mr. Detective.

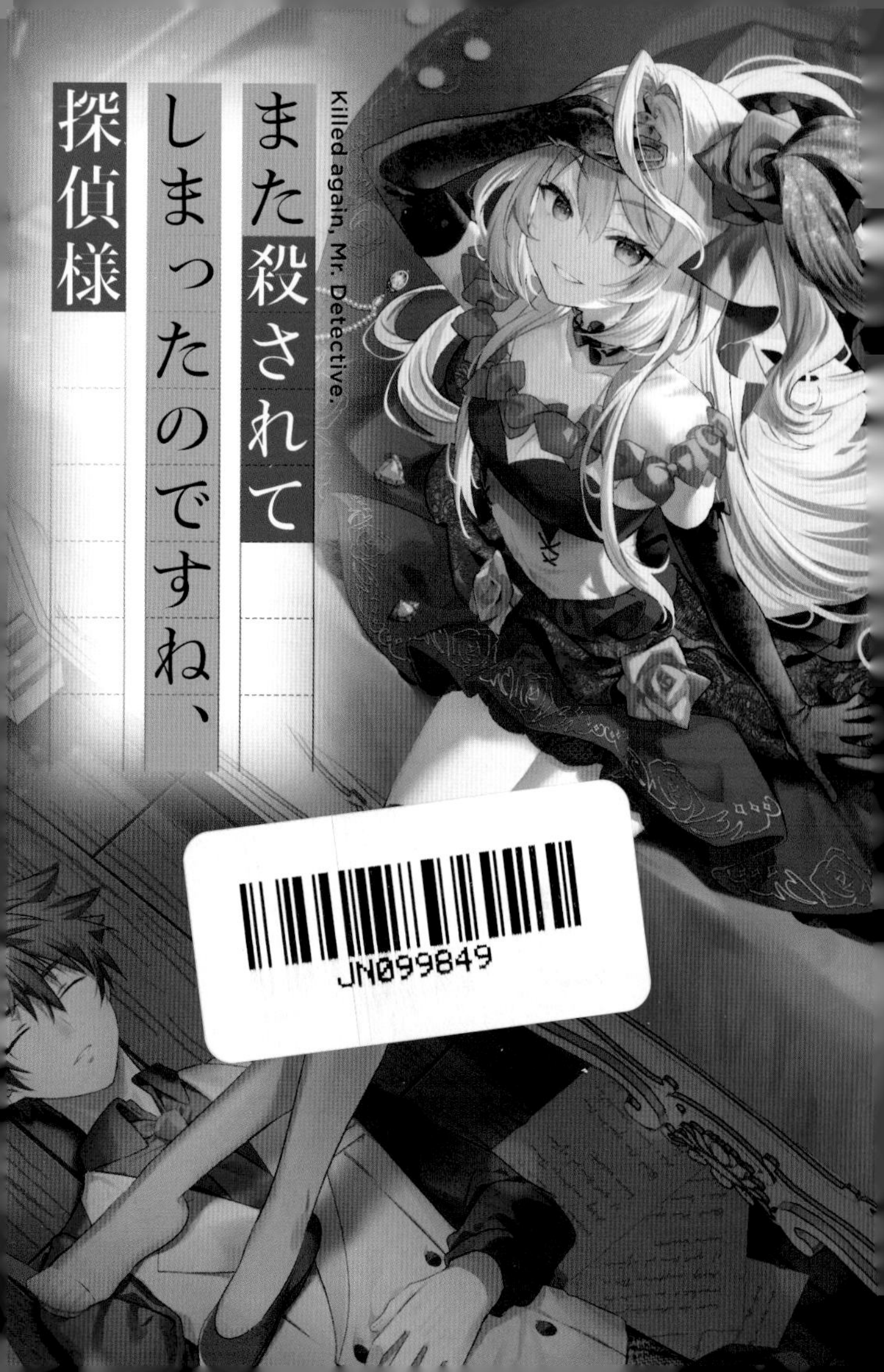

「それにしても――」
「うん？」
「また殺されてしまったのですね、朔也様」

ミサイルはこの小さな島全体を襲っている。
出せる船もない。
逃げ場なんて……ないのに。
シャルディナ、彼女はミサイルの降り注ぐ中、威風堂々ソファに座っている。
自分には決して当たらない。当たるはずがない。そう確信しているみたいに。

アルトラ
シャルディナの左腕。見るからに凶暴そう。実際凶暴。
カルミナ
シャルディナの右腕。銃火器の扱いに長けている。
CHARACTER
また殺されて
しまったのですね、探偵様

哀野泣

マイナー誌に漫画をWEB連載している漫画家で、朔也の友人。

KILLED AGAIN, MR. DETECTIVE.

CONTENTS

また殺されて
しまったのですね、探偵様

また殺されてしまったのですね、探偵様3

てにをは

MF文庫J

事件メモ

KILLED AGAIN, MR. DETECTIVE.

佇む者達の館《デモニアカヴィラ》　見取り図

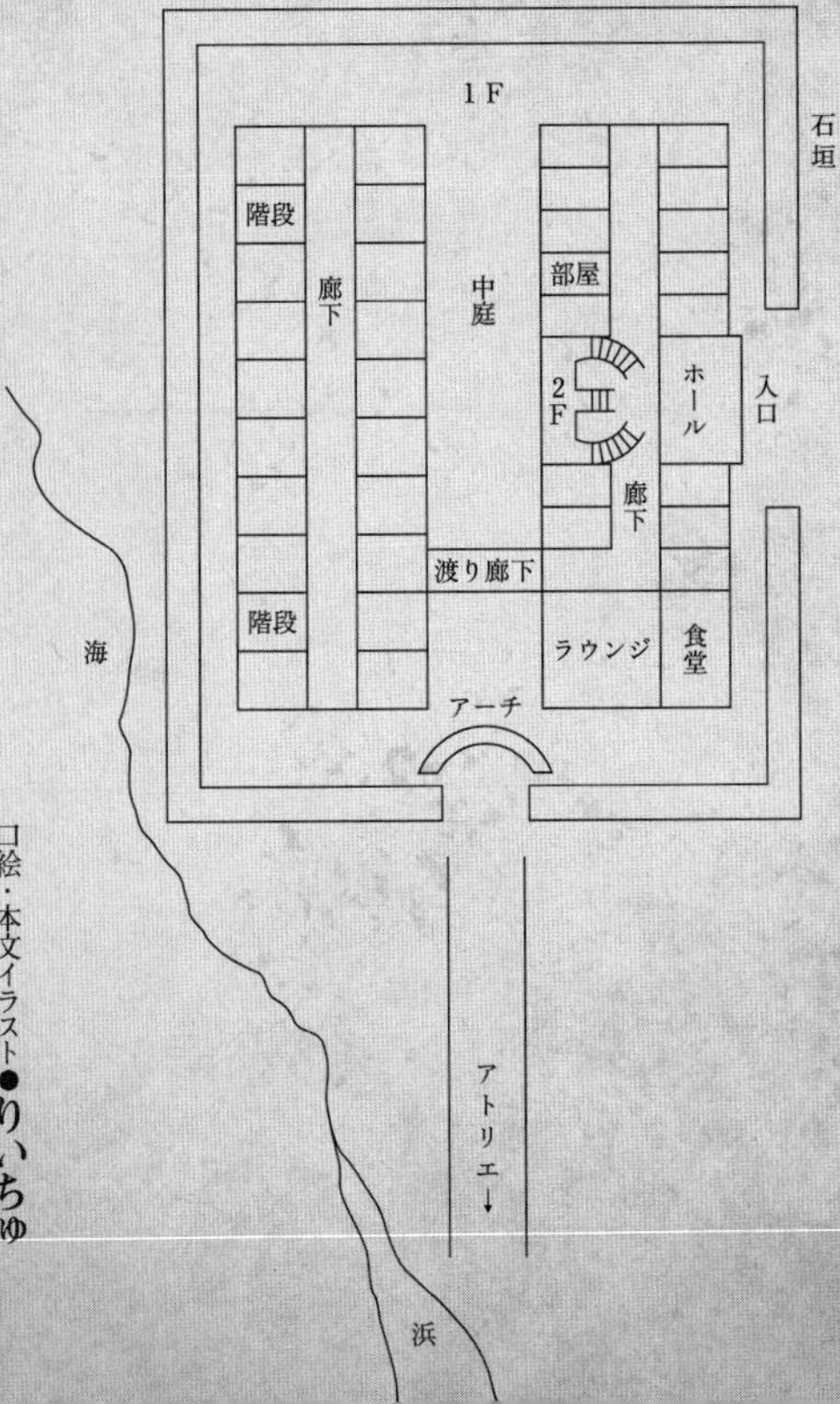

口絵・本文イラスト●りいちゅ

画廊島の殺人
—後篇—

KILLED AGAIN, MR. DETECTIVE.

五章　朔也《さくや》様はピアノを嗜《たしな》まれておりません

新米探偵の俺、追月《おうつき》朔也と助手のリリテア。

英国最高の探偵犬フィドとその助手ベルカ。

そこにくっついてきた新人女優兼俺の弟子、灰ヶ峰《はいがみね》ゆりう。

俺達《たち》一行は最初の七人《セブン・オールドメン》の一人、シャルディナ・インフェリシャスからの剣呑《けんのん》な誘いを受けて東京を発《た》った。

言うまでもなく、あれやこれやと危険を孕《はら》んだ旅だ。できれば丁重にお断りしたいところだった。けれど、俺は知りたい。生死も行方も不明なままの親父《おやじ》がどうなったのかを。

情報を得るためには行かないわけにはいかなかった。

目指すは地中海に浮かぶシャルディナ所有の島、レギンレイヴ——。

けれどその途中、船の故障と嵐に阻まれて俺達はアクアリオ島——またの名を画廊島《ガレリア・イゾラ》に流れ着いた。

嵐の孤島。何も起きなきゃいいけど。

なんてことを思ったからだろうか。

事件は起きてしまった。

まず、島を訪ねてきていた写真家のハービーが遺体で発見された。それも、ありえない状態で。

そのことを発端にあれやこれやとあって、隠されていたとある真実も明るみになり、それで事件は無事解決したかに思われた。

ところがだ、探偵を腹の中に閉じ込めた嵐の孤島は、そう簡単に獲物を解放してはくれなかった。

□

「ドミトリがセイレーンに殺されたのよっ！」

地下へ降りてくるなり、カティア・ザヴァッティニは青ざめた顔でそう叫んだ。

「ドミトリが⁉」

カティアの息子で皮肉屋のドミトリ。

彼が――殺された？

「西館の三階！　血……血がたくさん……！」

「そんな……バカな！」

ライルが普段以上の大声を上げる。

「殺されただと⁉」

「ちょ、ちょっと待ってよ！　セイレーンにってどーゆーこと⁉　たった今その正体はグラフィオだって話になったじゃないか！　そうでしょ⁉」

頭を抱えながらベルカが俺の方を見る。けれど俺自身も混乱の極みにあった。

しかし——そう言えばハービー捜索の出発前からドミトリの姿を見ていない。

俺達《たち》がルシオッラの部屋で揉《も》めていた時も彼は姿を現していなかった。

「グラ……フィオ？　誰のことだか知らないけどこっちは大変なの！　なんでもいいからついてきて！」

カティアはベルカの言葉に苛立《いらだ》った様子で怒鳴り返すと、有無を言わさぬ調子で俺達を引っ張った。

階段を登って地下室へ戻り、エレベーターに乗り込む。

当然という顔でシャルディナと二人の部下も乗り込んできた。降りてきた時よりも人数が増えたのでエレベーターの中が狭い。

「みんなが騒いでいたのにあの子、ちっとも顔を出さないなと思って……それでドミトリの部屋に行ってみたらいなかったの。それで……それでどうしたんだろうと思って探してたら、渡り廊下の扉が開いてたのよ……だから私、あの子を探して西館に行って……それで！」


ほんの少しの時間も惜しむようにカティアが状況を説明している。

その最中、俺はそっとシャルディナを盗み見た。

改めて近くに並んで立つと彼女の背丈はリリテアよりも低く、まるで子供のようにも思えた。

シャルディナはエリゼオ・デ・シーカの作品を求めてこの画廊島に滞在することに決めたという。

世に出ていないエリゼオの本当の処女作——事実そんなものがあるんだとしたらその価値は計り知れないだろう。

それにしても……。

こんな華奢《きゃしゃ》な子が最初の七人《セブン・オールドメン》——。

一体この子はこれまでどんな人生を歩み、大富豪怪盗《セレブリティ》として懲役１４６６年という桁外れ、常識外れの罪を背負うことになったのか。想像もできない。

できないけれど、今はもう実感している。

コイツは間違いなく大富豪怪盗《セレブリティ》だ。

でなければこの館に向けてミサイル発射の指示を出したりするはずがない。

発射の予約時間は明朝六時。沖の海中に潜むシャルディナの潜水艦からそれは容赦なく発射されるという。

そうなったらどんな被害が出るか分からない。

被害者も犯人も、殺人もトリックもない。全てが吹き飛び、瓦礫《がれき》の下だ。

そうなる前に事件を解決してシャルディナを納得――あるいは満足させなきゃならない。

ふいにシャルディナと目が合った。

向こうも考え事をしていたのか、あるいは気でも抜いていたのか、彼女は睨《にら》むでも嘲笑《あざわら》うでもなく「楽しみね」と言うように愛らしく微笑《ほほえ》んだ。

その笑顔はまるで普通の可愛《かわい》らしい女の子のように見えた。

やめろ。俺にそんな顔を見せるな。

大罪人なら、せめて悪魔のようでいてくれ。

「……ところでそっちの子達《たち》、誰？　こんな子達、いたっけ？」

今更カティアがシャルディナ達に気づいて声を潜めた。

「ええっと……大富豪のお嬢様が船旅の途中で嵐にあって、それでこの島に流れ着いたらしいです」

俺はカティアにはそう伝えてごまかした。

島への爆撃の件は、この館の人間やザヴァッティ二一家にはまだ伏せておくことにした。

今そんなことを伝えても余計に混乱と恐怖を与えるだけだ。

ただでさえ俺達《たち》は逃げ場のない嵐と殺人事件の真《ま》っ只中《ただなか》にいるのだから。

□

カティアの言った通り、渡り廊下の扉の鍵は開けられていた。

キーボックスを確かめてみる。渡り廊下の鍵は見当たらなかった。

「ウルスナさんはルゥと一緒に部屋にいてあげてください」

「……分かりました。さあお嬢様、こちらへ」

「でも、あの……」

ルシオッツラは青い唇を動かして何か言いかけたが、結局口を閉ざした。顔色は蒼白《そうはく》に近い。義足で無理をして駆け回り、辛《つら》く長い独白をすれば疲弊もするだろう。

その上、今この子は自分がしてしまったことへの自責の念に苦しめられている。

「み、みんな気をつけてね」

ルシオッツラとウルスナさんを東館に残し、俺達は連れ立って西館へ渡った。

渡り廊下はとても短く、十歩と進まないうちに反対側の扉に手がかかった。

中に入って懐中電灯を点《つ》ける。

西館は埃《ほこり》と湿気に包まれていた。

廊下の壁には古いカンバスが重ねて立てられており、そのうちの多くはパレットナイフか何かで切り裂かれていた。

どれもエリゼオの残した物だろう。

そこここにエリゼオの画家としての半生や苦悩が堆積している。けれどこのまま何もしなければ、十時間後には全て灰燼《かいじん》に帰してしまう。

東館とは違って西館にはエレベーターはなく、上階へ行くには階段を使う他なかった。

階段は南側と北側にそれぞれ設置されていたけれど、南側の階段は途中、老朽化のせいで崩れてしまっていたので、俺達はわざわざ遠回りして北側の階段から登らなければならなかった。

「こっちよ！　早く！」

少し前までワインを呷《あお》っていたカティアの顔は、今やすっかり青ざめている。

暗い足元に気をつけながら階段を登るのに思ったよりも時間がかかった。

「あの部屋よ……」

階段を登り切るなりカティアが指差したのは、南側に延びる廊下の最奥の一室だった。

最奥の部屋のドアが開けられている。

近づいて中を覗《のぞ》く。

部屋は薄暗く、明かりもつかなかった。古くて電灯が切れてしまっているらしい。

懐中電灯を頼りに中へ入る。

空っぽの小さな木製ラックと、古くて頼りないパイプベッドが並んでいる。ベッドにはむき出しの薄いマットレスが敷かれている。床の隅には干からびたネズミの死骸が転がっていた。

そんな部屋の中央の床に――血溜《だ》まりができている。

そして奥の窓ガラスは打ち破られ、湿ったカーテンが激しくはためいていた。

一見して普通じゃないと分かる光景だった。

寄って調べてみると、血溜まりの横に渡り廊下の鍵と――見覚えのあるオレンジ色の布が落ちていた。

拾い上げてみる。

「……ドミトリ君のスカーフだ」

その近くには渡り廊下の鍵も落ちていた。けれど肝心のドミトリの姿はなく、部屋の中はただ外の嵐と波音に満たされているだけだった。

「カティアさん、ドミトリ君は？」

「す、姿はないのよ。でも、その血を見れば分かるでしょう！」

確かに普通じゃない出血量だ。どう見積もっても重傷、あるいは致命傷だ。

カティアは震える指先で窓を指す。両開きの窓が外側に開きっぱなしになり、割れたガラス片が床に散らばっている。

「あの子は襲われて、きっと窓《そこ》から連れて行かれたのよ！」

血は窓に向かって点々と残っている。

「窓から……？」

突き落としたのか？

割れたガラスで怪我《けが》をしないように気をつけながら窓を開けて顔を出してみた。

「わっぷ！」

建物の壁に打ち付けられた風が、物凄《ものすご》い勢いで下から上に吹き上げてきて思わず面食らう。

風に顔を顰《しか》めながら懐中電灯で真下を照らし、確認してみる。けれど何も落ちてはいなかった。収穫なし。

乱れた髪を元に戻しながら窓際を離れる。

リリテアは血溜まりの前にしゃがみ込んで血の状態を確かめている。

まだ凝固は始まっていない。比較的新鮮な血だ。

そして――。

「リリテア」

「はい」

そのまだ固まり始めてもいない血液を使って、床にある文字が記されていた。


「被害者《ドミトリ》の残したメッセージか」

俺の脇の下から鼻先を突き出し、フィドが言う。

「カティアさんがセイレーンの名前を出したのはこれが理由だったんだね」

続けて真似《まね》をするようにベルカもリリテアの脇の下からにゅっと顔を覗《のぞ》かせた。

「セイレーンかー……。でもだからって本当に伝説の生き物が海からやってきて殺したっていうのはちょっと信じられないな……。これ、他の何かを表してるってことはないのかな？」

そのベルカの素朴な疑問にカティアが憤然と対応する。

「だってあの子が死の間際に残したメッセージなのよ⁉　そんな時にわざわざ遠回しなヒントなんて残さないでしょ！　推理小説じゃないんだから！　そんなことするくらいなら直接犯人の名前を書けばいいじゃない！」

それは確かに一理ある。

小説の中の事件なら、作者が謎解きを複雑にするために暗号めいた言葉《ワード》をダイイング・

メッセージにするなんてこともありそうだけれど、残念ながらこれは現実だ。

ただし、被害者が直接犯人の顔と名前を確認できないまま息絶えた場合は、犯人の特徴や関連する言葉を残すことも考えられる。

経験者なので、そのあたりの心理は他の人よりは分かっているつもりだ。

けれどそれならそれで、ドミトリはセイレーンとしか思えないような相手に襲われたということになってしまう。

「さて、遺体はないみたいだけど、凶器の方は……」

見当たらないかと顔を上げる。すると立ち上がっていたリリテアが、入り口脇の小さなテーブルの上を指し示した。

「こちらにあった物を使ったのではないでしょうか」

確認してみたがテーブルの上には特に何も置かれていなかった。あるのは降り積もった埃《ほこり》だけ。

けれど、リリテアが発見したのは凶器そのものじゃなく、その形跡だった。

「あ、ここだけ埃が積もってないな。これ、花瓶か何かが置いてあった跡かな？」

「私もそう考えます。置かれていた物が花瓶なのか他の置物なのかはさておき、犯人はここにあった物を振りかざし、ドミトリ氏を殴打したのでしょう」

犯人が本物のセイレーンだと仮定して、伝説上の恐ろしい存在が花瓶を振りかざして人を襲うなんて、そんな現実的な方法を取るだろうか？

呪い殺すとか引き裂くとか血を吸うとか。もっと他の殺し方をしそうなものだ。

いや、実際にお目にかかったことがないから、セイレーンの攻撃方法を決めつけることなんてできないけれど。

「凶器はこの部屋には見当たらないな」

フィドの言う通りだ。

ここは元々ほとんど物の置かれていない明らかな空き部屋で、そのことを確認するのに時間はかからなかった。

「凶器もそこの窓から外へ投げ捨てたのかも知れんな」

方向的には窓の向こうには大海原が広がっている。この三階の窓から凶器を放り投げればそれは間違いなく荒れ狂う海まで届くはずだ。

「今頃凶器は波に飲まれてすっかり隠滅されてる……か」

呟《つぶや》きながらフィドの方を振り返ると、彼はどういうわけかベッドに前足を乗せて何かを確かめていた。

「どうしたんだ？」

「ここも埃《ほこり》が積もっていない」

「ベッドの上？」

「ちょっと調べてくる。あ、待ってよ先生！」

　そう言って彼は部屋を出て行った。

　フィドの考えはまだ分からないけれど、俺は俺にできることをしよう。

「リリテア、ドミトリ君を最後に見たのはハービーさんを探しに館の外へ出ようとしていた時だったよな？」

「はい。午後六時頃だったかと記憶しております」

「その後からあの地下空洞でのいざこざの最中に至るまで、誰も彼の姿を見ていないわけか。時間にすると一時間ちょっとくらいだな」

「ですが朔也《さくや》様、皆様が外から戻られた後は、ドミトリ氏を除く全員がルシオッラ様の部屋へ集まっていました。少なくとも外から戻って以降は全員にアリバイがございます」

「あ、そうか。それなら犯行が可能だったのは、俺達《たち》が表を探し回っていた間だけってことになるな」

　ルシオッラのことで大変な騒ぎになっていた裏で、すでにドミトリは殺されていたということになるのか。

「となると、あの時犯行が可能だったのは――」

　俺はその先をあえて言葉にはせず、無言でリリテアに目配せをした。

　あの時館に残っていたのはルシオッラ、イヴァン、カティアの三人だ。

怪しいのはイヴァンと、第一発見者を名乗るカティア？

いや、でもカティアはドミトリの母親だ。それにドミトリのことを俺達《たち》に伝えに来た時の怯《おび》えた表情は演技には思えなかった。

「ハービーさんを探しに外へ出ていた時間は……せいぜい五分か、多く見積もっても十分くらいだったよな？」

「はい。犯人はその間に暗い西館の階段を三階まで登ってドミトリを殺して、死体を隠蔽し、すぐさま階段を降りてまた東館に戻った、ということになりますね」

「西館にはエレベーターはついてないし、その上南側の階段が崩れているせいで遠回りしなきゃいけなかった。時間的にはギリギリ……か」

「それらを、いつ外から私達が戻ってくるか分からない中で行うのは、犯人にとってはちょっとした冒険ですね」

突き詰めて考えれば考えるほど、犯行の手口が分からなくなってくる。

少し思考の矛先を変えてみよう。

「そもそも……ドミトリ君はどうして一人で西館へ渡ったりしたんだろう」

独り言みたいにつぶやくと、リリテアも深く考える仕草を見せた。

そうだ。理由が分からない。わざわざ鍵を開けてまで西館に足を踏み入れる理由が。

「何か用事がなきゃこんなところへ来たりはしないはずだ。それも、できれば一人で行きたいような用事……」

「何かを探していた……とか？」

俺に釣られてか、リリテアも独り言の時のような口調になっている。

でも、なるほど。探していた――か。ありそうだ。

「あ」

一旦思考を迂回《うかい》させたのがよかったのか、遅れたタイミングで俺はまだ検討していなかった可能性に思い至った。

いる。可能性だけで言えば、まだ容疑者は他にもいるじゃないか。

「朔也《さくや》様……？」

訝《いぶか》しがるリリテアを背に、俺は入り口のドアの方へ踵《きびす》を返した。

そして部屋の外、廊下の壁に背を預けて悠々と成り行きを見つめていた彼女――シャルディナの前に立った。

彼女はさして驚く様子も見せず、俺の顔を見上げた。

「どうしたの？　壁の花にダンスのお誘い？」

「シャル、キミがこの島に上陸したのはいつだ？」

「ついさっきよ。地下空洞で見ていたでしょう？　朔也大丈夫？　脳細胞に不具合でも起きた？」

「ああ、見てたよ。でも、あの時が最初だと証明できるか？」

「シャル達《たち》が本当はあれよりも前にこっそり島に上陸していて、こそこその館に入り込んで人を殺していた、とでも言いたいの？」

「可能性の話をしてるんだ。あの潜水艦でならいつでもこのクローズド・サークルを壊して外から訪ねて来れる。キミがそう言ったんだぞ。だから——」

「その可能性はないわ。島の周りには潜水艦を横付けできるような場所は他になかった。大体あなた達全員に都合よく姿を見られないで西館と東館を往復して人を殺すなんてこと、そううまくできると思う？」

それを言われると黙るしかない。元々その点はこっちも検討済みだ。だからあくまで可能性の話でしかないんだ。

「あとついでに言っておくと、シャルにはなんの動機もないわ」

「動機がない犯罪は犯さないと言いたいのか？　最初の七人《セブン・オールドメン》に数えられるキミが？」

「おいテメー！　さっきっからよぉ！　クソタレがコラァ！」

話の途中で前触れもなく俺の前に長身の女が立ちはだかった。

シャルディナの部下の一人だ。確かアルトラとか呼ばれていたはず。

「一丁前にお嬢を疑《うたぐ》り散らかしてんじゃねーぞ！　脳みその左右入れ替えてピアノ弾くときめちゃくちゃ苦労する体にしてやるよぉ！」

アルトラの腕が恐ろしい速度で俺の側頭部に伸びてくる。獣のような凶暴性と俊敏性だった。

けれど幸運なことに、恐ろしい手刀はギリギリのところで俺のこめかみから外れた。

「朔也《さくや》様はピアノを嗜《たしな》まれておりません」

リリテアがその白い脚でアルトラの手刀を蹴り上げ、攻撃を逸《そ》らしていた。

防がれるとは想像していなかったのか、アルトラは弾《はじ》かれた自分の腕とリリテアの脚をゆっくり交互に見てから——笑った。

「にはは。なんだよ、可愛《かわい》らしいのがいるじゃねーか！　最高だな！　呪う〜！　お嬢！ここで始めていい？」

「ダーメ。せっかくみんなで楽しく謎解きしてるんだから、アルトラが動機もトリックもない殺戮《さつりく》をはじめちゃったら台無しでしょ」

「えー！」

主人に窘《たしな》められてもなお、アルトラはリリテアを諦め切れない様子で駄々《だだ》をこねる。

「静かにしてなさいったら」

「じゃあじゃあ！　おとなしくしてるから後でアレやってよ、お嬢！　久しぶりにさあ！」

「ちょっと、またなの？　嫌よ。こないだやってあげたばかりじゃない」

「こないだじゃねーよ！　もう二十四日も前だ！　やってくれよ！　いいじゃんいいじゃ

ん！　今度は前よりももっとゆっくりと……」

「バカね！　こんなところで細かい話しないの！」

何やら語り始めたアルトラの口を、シャルディナは慌てて塞ぎにかかる。その顔は見るからに羞恥に赤らんでいた。

「はあ……分かったわよ。やってあげるったら。まったくもう」

「やたー！」

何が何だか分からないけれど、とうとうシャルディナが折れた。アルトラはまるで子供のように飛び跳ねて喜ぶ。

「ず、ずるいです！　アレを独り占めなんて！　お嬢様……その、私も……その……」

「カルミナ！　あなたまで！　もう黙ってなさい！」

一体アレってなんだ？

シャルディナ達《たち》の関係性の謎は深まる一方だ。

「ってことだからお前、今は見逃してやる。名前は？」

「リリテアと申します」

「アルトラだ。次はぶっKill《キ》る」

「左様でございますか」

リリテアはアルトラの捨《す》て台詞《ぜりふ》をまともに受けても眉ひとつ動かさなかった。

まったくリリテアの肝の据わり方には感心する。けれど彼女のおかげで一触即発の状態をなんとか切り抜けることができた。

「やれやれ、少し席を外している間にここは闘技場《コロシアム》にでもなったのか？」

ホッと一息ついていると、そこへフィドとベルカが戻ってきた。

「どこへ行ってたんだ？」

「隣、そのまた隣……そこらの部屋をいくつか調べてきた」

「他の部屋？　そ、そうね！　言われてみると死体を他の部屋に隠した可能性もあるものね……！」

「違うね」

フィドの意図を察して頷《うなず》くカティアだったが、それはフィド自身によって容赦なく否定された。

「ち、違うの……？」

「ボクもそう思って一応大急ぎでこの階の部屋を片っ端から見て回ったんだけど、何もなかったよ」

やっぱり、死体は消失している。

「俺はそんな必要はないと言ったんだがな。そんなー、ボク頑張ったのに。オホン。先生はね、ベッドの様子を確かめたかったんだって。それで、調べた結果、被害者が消えたトリックについて一つ仮説を思いついたって言うんだよ」

ベルカはなぜか手に白いシーツを抱えている。

「なんだって？」

それは聞き流せない情報だ。

「犯人がドミトリ君をこの部屋から消した方法が分かったって言うのか？」

「焦るな。仮説だ仮説。だがこの方法なら可能だ。ベルカ」

フィドが一声かけるとベルカが持っていたシーツを大きく広げた。

「隣の部屋のベッドにかけられていたのを持ってきたんだ!」

なぜか得意げだ。

「どの部屋のベッドにもシーツは掛けられていた。放置されていたからか、どれも上に埃・が積もっていた・・・・がな」

でも、この部屋のベッドにシーツは掛かっておらず、剥《む》き出《だ》しのベッドの上には埃《ほこり》も積もっていなかった。

それが意味することは――。

「誰かがシーツを剥《は》がして、何かに使った？」

「そういうことだ。で、その誰かは犯人で、何に使ったかと言えばもちろんドミトリの死体をこの部屋から消し去るためだ」

「でもシーツを使ってどうやって?」

「ベルカ、さっき言った通りにやってみろ。はい先生！」

ベルカはシーツをマントのように羽織ると、端と端を胸元で結んだ。続いて腰元にも同じようにシーツを結ぶと、そのまま後ろ歩きで窓際へ歩み寄って行った。

皆が何をするつもりなのかと見守っている。注目されていることが嬉《うれ》しいらしく、ベルカはニコニコしている。

「見ててー」

やがて彼女は後ろ手で勢いよく窓を開けると、そこから背中のシーツを外へ垂らした。

「先生、これでいいんだっけ？」

その瞬間――。

下から吹き上げる強風を受けて、一瞬にしてシーツがパラシュートみたいに膨らみ、ベルカの体がグンと後ろへ引っ張られた。

「うわっ！　わっ！　わわっ!?」

シーツの端はベルカの体に結びつけられているのでそうなるのは当然だ。

「ちょ……ちょっと先生!?　こ、これでいいの？　いいんだよね？　でもこのままだと窓から落ちるよ？　ねー！　ボ、ボク、落っこちちゃうよー！」

「ベルカ！」

俺は慌てて彼女に駆け寄ってその腕を掴《つか》んで引き戻した。

危うく風の力で窓の外へ飛ばされてしまうところだ。

「ご覧の通りだ。こうやってシーツをパラシュートみたいにして嵐の風を利用すれば、死体をある程度遠くへ運ぶことができる。ちょっとひどいよ先生！　そんな危険な実演ならそうと先に言っといてよー！　死ぬとこだった……」

死にかけたベルカの訴えを無視して探偵犬は話を続けた。

「目の前は広い海だ。よっぽど風が機嫌を損ねない限り、死体は海へドボン。簡単には発見できなくなる」

「探せばすぐに見つかってしまう窓の真下に落とすよりも、はるかに効率的に死体を隠蔽できる……か」

「ああ。少なくとも、魔法や奇跡のような力を使わなくても死体を消すことは可能ってわけだ」

スマートに推理を披露し終えると、フィドは「ハッハッ」と犬らしくベロを出して息をした。

対して俺は舌を出すどころか、巻いていた。

探偵犬フィド。親父《おやじ》と協力して事件解決にあたっていたという経歴は伊達《だて》じゃない。

おっと、いつまでも感心して足を止めている場合じゃない。

「そう言えばカティアさん、イヴァンさんはどうしてるんですか？」

「……あの人なら自分の部屋よ」

「事情は知ってるんですか？　その、ドミトリ君の姿が見当たらないことを」

「もちろん知ってるわ。一緒にここへ来て確認したもの。だからこそ閉じこもっているのよ。誰も信じられないって言って……。本当は私だって歩き回りたくないわ。だってあの写真家に続いてドミトリ……息子まで殺されちゃったんだもの。それってこの島に連続殺人犯がいるってことでしょう？」

そう言えばハービー殺しの真相については、まだイヴァンにもカティアにも伝えそびれたままだ。二人はまだハービーを殺した犯人が俺達《たち》の中にいると思っている。

「その、ハービーさんのことなんですけど――」

そこでハービーの一件の真相をかいつまんでカティアに伝えると、彼女は思わぬ真相に目を丸めていた。

「なので二つの事件は無関係なんです」

「そんなシャチがいたなんて……。でも、だからって一安心とはならないわよ！　ドミトリは殺されたのよ？　まだどこかに別の犯人がいることに変わりはないじゃないの！」

それはその通りで、むしろ謎は深まるばかりだ。

いつまでも西館の暗い一室にとどまっていても埒《らち》は明かないので、俺達は東館に戻って状況を整理することにした。

「ん？　これって……」

けれど戻りがけに、俺は南側の廊下に並ぶ部屋の間に、他の部屋のドアとは違う作りのドアがあることに気づいた。

そっと開けてみると、その先に来た時とは別の細い階段があって、それはさらに上へと続いていた。

他のみんなはもう階下へ降り始めている。

どうしよう。

少し迷ったけれど、どうしても気になったので暗くて急なその階段を登ってみた。

登り切ると階段の先にもドアがあった。建て付けは悪かったけれどなんとか向こう側に押し開くことができた。

途端に鋭い風が俺の全身に吹き付けてきて押し戻されそうになった。

ドアの向こうは館の屋上だった。

地上から見上げた時にはてっきり三角屋根に覆われているものだと思っていたけれど――。

「屋上にこんなスペースが広がっていたのか」

屋上の周囲を腰の高さの鉄柵が囲んでいて一応落下防止の措置が取られているけれど、所々朽ちて歯抜けのようになっていた。

柵のない場所から恐る恐る下を覗《のぞ》き込《こ》む。

こうして見るとかなり高い。

落ちたら無事じゃすまないな。

「朔也《さくや》様」

「わ！　び、びっくりした！」

突然後ろから声をかけられてそこから転落しそうになった。慌てて振り向くと、そこになんとも絶妙に不服そうな顔をしたリリテアが立っていた。

「脅かすなよリリテア！」

「突然姿を消さないでください。皆様、もう東館へ戻っておいでですよ」

「ああ、屋上へ上がる階段を見つけたからちょっとな」

「このような場所があったのですね」

顔を上げると向こう側に東館の屋上が見えた。暗くてはっきりとは見えなかったけれど、そこには一部こんもりと土の盛られた箇所があった。

広さにして五メートル四方といったところか。

そこには一面に何か花が植えられていて、それらは風に弄ばれている。

狭いけれど、あれは立派な畑だ。

「屋上庭園ですね」

「らしいね。おっと、こっちにも」

改めて自分の足元を見ると、こちら側にも同じくらいの広さの畑があった。といってもこっちの畑には一つの花も植えられていない。

「こっちの屋上には誰も世話をしにこないのかな？」

「いえ、朔也様。お言葉を覆してしまうようですが」

リリテアがその場合にしゃがみ込んでそっと濡《ぬ》れた土に触れた。

「こちらに、軽く耕したような形跡が見られます」

言われてよく見てみると、確かに小さなスコップか何かで土を掘り返したような跡が点々と残っていた。

「本当だ。ルシオッラかな？　手入れをしようとして途中でやめたのかな？」

けれどそれにしては半端だ。その癖土の上に人の足跡は一切見当たらない。

足跡の部分だけ土を律儀にならしていったんだろうか。

別にそんなものと言えばそんなものなんだろうけど、なんとなく俺の中には違和感が残った。

□

「みなさん、簡単なお食事を用意しましたのでよかったらどうぞ」

冷えた体をさすりながらラウンジに戻ると、ちょうどウルスナさんがテーブルに皿を並べているところだった。

パンとスープとコーヒー。質素だけれど夕食を取りそびれていた俺達《たち》にとってはありがたい配慮だった。

俺は西館で見てきたことをウルスナさんに伝え、代わりにルシオッラの様子を尋ねた。

「心配はいりません。ですが、あの地下で長く海水に浸《つ》かっていたので体が冷えてしまったのでしょう。毛布にくるまるとすぐに寝息を立てておいででした」

「そうですか……」

チラッと壁の時計を見る。

午後九時前。

制限時間《タイムリミット》は残り九時間。

ミサイルを撃ち込むなんてやめてくれ――とシャルディナに頼んだところで無駄だろうな。情に訴えて考え直してくれるような子なら、桁が二つほど外れた懲役を科されたりはしない。

いよいよとなれば皆に事実を話して島からの脱出方法を探すしかない。

でも――今この島にあるのは船底に穴の空いた小型船一隻だけだ。

まったく、とんでもなく厄介なことをしてくれた。

当の本人、シャルディナはどんな様子だろうと思って盗み見ると、ソファに座って案外おとなしくしていた。

「嵐の館で殺人事件だなんて、謎解きゲームを特等席で鑑賞しているみたい」

違った。大人しく見えただけだ。シャルディナはこの状況を極めて不謹慎に楽しんでいる。

カルミナとアルトラ。油断ならない二人の従者はどうかというと、何やら些細《ささい》なことで押し問答を繰り広げていた。

「なあカルミナ、おトイレ行こ？」

「いやよ。一人で行ったらいいじゃない」

「……だってなんか、出そうだし」

「そんなこと分かってるわよ。出ちゃ・い・そ・う・だからトイレに行くんでしょ？」

「そうじゃなくて……オバケとか」

「アルトラ、あんたまさか怖いの？　この館の雰囲気に実はビビってたってわけ？」

「あたし、おトイレの時だけはダメなんだよう！　心も体も無防備って感じがしてさあ……。剥《む》き出《だ》しの無防備代表って感じ、しない？　なあ、ついてきてよう！　ひどい目にあわすぞー」

「乙女か！　我慢しろ！」

なんの話をしているんだ。

あの二人、用心した方がいいのかそうでもないのか判断に困る。

思わずため息が漏れた。

本来ならルシオッラの告白で事件は幕引きを迎え、今頃はそれぞれの部屋に戻って眠りの準備を始めているはずだったのに。

「……そう言えばウルスナさん、東西の建物には屋上があったんですね」

ため息を誤魔化《ごまか》すために、俺は屋上の件について話を振った。

「はい。洗濯物を干す時くらいしか使っていませんが」

そう言ってウルスナさんは真上を指差した。普段洗濯物を干しているのはこの東館の屋上の方、という意味だろう。

そして彼女の言うには、玄関ホールのエレベーターは屋上まで直通らしい。

「そう言えば屋上庭園っていうんですか？　畑みたいなものもあったんですけど」

質問しながらいただいたパンを齧《かじ》る。美味《うま》い。

「庭園というほど大層なものではありませんよ。東館の畑ではお嬢様がささやかに花を育ていらっしゃいます」

「西館の方の畑は？」

続けてズズっとコーヒーを飲む。こっちもなかなかの味だ。

「お恥ずかしい話ですが、あちらは長らく放置して荒れた状態になっているんです。あちらにはまず滅多《めった》に用事はありませんから」

「放置……？」

「何か気になることでも？」

「その……西館の畑に掘り返したような跡が付いてたので、誰かがあそこへ行ったのかなって思っていたんですけど……。そうそう、さっきその写真を撮ってきたんです。スマホのフラッシュじゃちょっと暗くて見えにくいと思うんですけど……」

そう断って俺はさっき戻りしなに撮影した写真を見せた。西館の屋上庭園の土の様子を写したものだ。

「はあ……」

ウルスナさんは若干訝《いぶか》しがりながら画面の写真に目を落とした。

「見てください。土の表面が掘り起こされたみたいになってますよね。てっきり俺はルゥかウルスナさんが手入れでもしようとした跡なのかと思ったんですが」

彼女は俺の話を聞きながら写真を指でズームアップして眺めていたが、やがて何か気がついたように「ああ！」と明るい調子で声を上げた。

「これは海鳥の仕業ですよ」

「海鳥ですか」

「時々餌を求めて土を掘り返しに降りてくるんです。ミミズか虫でも探しているんでしょう。あら、もうなくなりそうですね。コーヒーのお代わりを持ってきます」

そう言うとウルスナさんはラウンジから出て行った。確かに、気づけば俺の手元のカップはほとんど空になっていた。

俺は肩透かしを食らったような気持ちでその背中を見送った。

「なんだ……海鳥か」

納得と、わずかな失望とともに残りのコーヒーを飲み干す。

さて、腹ごしらえは済ませたし、すぐにイヴァンの部屋を訪ねよう。

さっきリリテアと検証した通り、現状犯行が可能で最も怪しい人物は彼だ。

と、ソファから立ち上がりかけた時、ふと斜向《はすむ》かいのソファに座るカティアに目が止まった。

その様子は――明らかに変だった。

「ドミトリ……海に引《ひ》き摺《ず》り込《こ》まれたのよ……きっとそうだわ……」

彼女はコーヒーにも手をつけず、マニキュアのついた赤い爪を噛《か》みながらぶつぶつとつぶやいていた。

「あいつが消されるなんて……こんなところ、来るんじゃなかった……！」

「カティアさん、大丈夫ですか？」

俺はつい心配になって彼女に声をかけた。カティアはビクッと肩を震わせ、我に返ったように俺の方を見た。

彼女のショックは俺には計り知れない。

「その……息子さんのことは心配でしょうけど、まだ殺されたと決まったわけじゃありません。遺体は見つかっていないんですから」

「……どこかで生きてるかもしれないって言うの？　あの出血で？」

「あくまで可能性の話ですけど……」

「あんな血文字まで残して、館のどこかで元気にしてる？　そんなわけないでしょう！」

安心させようとしたことが裏目に出たらしい。カティアはますます神経を尖《とが》らせ、ヒステリックに叫ぶ。

「殺されたのよ！　セイレーンに！　そうでなきゃ……エリゼオの亡霊に！」

「ちょっと待ってください。どうしてそこでエリゼオさんの名前が出てくるんですか？」

その無視できない言葉に俺は思わず割って入った。すると彼女はハッと顔を上げて口元を押さえた。

漏れ出てしまった言葉をなかったことにしようとするみたいに。

思えばカティアは、息子が殺されたということとはまた別種の反応を見せていた。

それは恐れだ。

次に殺されるのは自分なのではないかという恐れ。

なぜそう思うのか。

それは狙われる心当たりがあるからじゃないのか？

「カティアさん、もしかしてあなたは何か知っているんじゃないですか？　例えばドミトリ君がなんのために西館へ行っていたのか……とか」

「わ、私は……知らないわ！　関係ない！　こんな家とは無関係よ！」

「無関係？　親戚の口から出る言葉とは思えないですね」

「うるさいわね！　あんたには関係ないでしょ！　放っておいて！」

この人、一体何を隠して――。


――ジリリリリ……！


ラウンジに備え付けられた電話が鳴り響いたのはその時だった。

皆が過敏に反応してそちらを振り向く。

その間にも二度、三度と絶妙に神経に障るベル音が繰り返される。

電話に近づいてみると、内線のランプが点灯していた。

「これ、内線だ」

「「な、なーんだ!」」

ゆりうとベルカが同時に同じ言葉を発した。言葉とは裏腹に二人はぎゅっと抱きついてお互いを支え合う格好になっていた。よっぽど驚いたらしい。

「誰からだろう?」

どこかの部屋から掛けられているらしいけれど、出てみるまでそれは分からない。

「ルゥかな?」

電話からは俺が一番近かったので、代表して受話器を取った。

「……もしもし?」

声をかける。

けれど応答がない。

代わりに受話器の向こうから聞いたことのない奇妙な歌《ハミング》が聞こえてきた。

女性の歌声……だと思う。不気味なほど澄んでいる。けれど何か物悲しい。

「もしもし?」

もう一度声をかけると向こうから男の苦しげなうめき声が聞こえた。

『う……ぬ……誰だ？』

「その声……イヴァンさんですか？」

『ああ……東洋の小僧か……。ワシは一体……何を……？』

電話の向こうの彼は苦しそう――というより、何か朦朧《もうろう》としているようだった。

「どういうことですか？　イヴァンさんがこの電話を掛けてきたんですよね？　何かあったんじゃないんですか？」

『電話……？』

当然の質問に、なぜか彼は一瞬なんのことか分からないという様子を見せた。

「……違うんですか？」

『いや、ワシは……自分の部屋で酒を飲んでいたら……なぜか急に意識が朦朧としてきて……いつの間にか………』

「それで目が覚めた？　動けますか？」

『体が思うように動かん……こんな酔い方をしたことはないのに……』

「まさか……」

誰かに睡眠薬のようなものを盛られた？

歌声はまだ背後で聞こえ続けている。

何か――不穏だ。

「今部屋にいるんですよね？」

イヴァンの部屋は一階の111号室。ラウンジからなら玄関ホールを横切ってすぐに様子を見に行くことができる。

『部屋……？　いや待て……。待ってくれ……ここは……どこだ？』

「え？」

『ここは……ワシの部屋では……ないぞ。月が……月がない……』

イヴァンは別の部屋にいる？

「月がない？　部屋の絵のことですか？」

『ああ……真っ黒だ……。いつの間にワシは……ここは、どこなんだ？』

「どういうことですか？　まさか、誰かが眠らせたあなたを他の部屋に連れ去ったとでも……」

『ぐぅああっ!?』

こちらの問いかけの最中、突然それを遮るようにイヴァンが悲鳴を上げた。

「イヴァンさん……？　どうしたんですか!?」

『だ……誰……だ!?　そこに誰かいるのか!?　た、助け………』

思わず受話器を放り出したらしく、彼の声が遠のいた。

『やめ……ろ……！　まさか、お前……？　お前なのか……？　ユーリ!?』

――ゴッ
鈍い音が響いて、イヴァンの悲鳴が止《や》み――そして通話は途切れた。

一瞬水を打ったような静寂がラウンジを支配した。

「い、今の……なんの音ですか？」

ゆりうが力なく俺の袖を引っ張る。受話器越しにかすかに聞こえていたらしい。

「皆さん、コーヒーのお代わりはいかがですか？」

と、そこへ手押しのワゴンを押しながらウルスナさんが戻ってきた。

「あら？　皆さん……何かあったんですか？」

「ウルスナさん！」

「は、はい⁉」

「月の描かれていない……新月の絵が飾ってある部屋は何号室ですか⁉」

「え？　え？」

「教えてください！」

「えっと……し、新月の間……そ、それなら確か三階の３０３号室だったと思います！」

「急ぐぞ。はい先生！」

部屋番号を耳にした瞬間フィドとベルカは走り出していた。

すでに状況を察している顔だ。イヴァンの悲鳴が受話器越しに聞こえていたらしい。

俺とリリテア、フィドとベルカ――少し遅れてゆりう。五人でラウンジから飛び出して玄関ホールへ出た。

ちょうどその時、北側の廊下からルシオッラが車椅子を漕ぎながら出てくるのが見えた。

「あ、サク……ルゥはもう大丈夫なので……」

「ルゥ！　部屋に戻ってろ！」

「な、何かあった……の？」

「大丈夫だ！」

本当はもっと落ち着いて声をかけてやりたかったけれど、そんな余裕はなかった。

俺達《たち》は階段を駆け上り、三階へ向かった。

「３０３……３０３……ここだよー！」

先んじたベルカがぴょんぴょん飛び跳ねて俺を呼ぶ。急いでそっちに向かい、ドアノブに手をかけたけれど、鍵が掛かっていた。

ベルカがドアを強く叩《たた》いて中へ呼びかける。

「イヴァンさん！　大丈夫ですか⁉　イヴァンさん！」

応答はない。

その代わりに、ドアの向こうからあの薄気味悪い歌声が聞こえてくる。

「ぶち破るぞ。手伝え」

フィドの合図で俺達《たち》はタイミングを合わせてドアに体当たりをした。

二度、三度――。

繰り返すうちに古いドアの留め具が緩んでいくのが分かった。

六度目のトライでドアが破れ、向こう側に派手に倒れ込んでいった。

俺達は雪崩《なだ》れ込《こ》むように303号室に入り、中を見渡した。

けれど――そこにイヴァンの姿はなかった。

「え……？　いない？」

誰もいない。無人だ。

それでもあの歌声だけは聞こえ続けている。

ゆりうがいち早く音の出どころに気づき、それを指差した。

「これ！　ラジカセ……ですよね？」

確かに、部屋の隅に音楽プレーヤーが置いてあって、歌はそこから鳴っていた。最近はすっかり見なくなった古いタイプの製品だ。

窓ガラスは割れ、破片が床に散らばっていた。

ドミトリの時と同じ状況だ。

「殺された……のか」

つい、その言葉が口から漏れてしまう。

ドミトリ殺しの一件で一番怪しいのはイヴァンだった。そのはずだ。

だから俺は彼に話を聞こうと……。

それなのに――。

イヴァンは犯人じゃないのか？

「イヴァンさんは……電話の向こうで誰かに襲われたみたいだった。何かで殴られたような音がして、それで……」

リリテアが慎重に窓を開く。外はやっぱり宵闇に包まれていてほとんど何も見えない。向かい側の西館の廊下の窓がぼんやりと浮かび上がっているだけだ。

「つ、つまり、イヴァンさんも誰かに襲われた後、窓から連れ去られちゃったって……こと？　ここ、三階だよね？」

ベルカは信じられないと言うように首を振る。

「あ、そっか！　犯人はドミトリ君の時みたいにシーツを使ってイヴァンさんを……！」

思い出したようにベルカが部屋のベッドを振り返る。でもすぐに肩を落とした。

「それは俺も考えたよベルカ。だけど……」

シーツは乱れなくベッドの上に敷かれている。犯人はシーツを使っていない。

そもそもドミトリの時とは違って、俺達は電話の後すぐにここへ駆けつけた。他の部屋からシーツを調達していたとしても、シーツをイヴァンの体にくくりつけているような時間はないはずだ。

それに内線の電話があった瞬間、俺達《たち》は皆ラウンジにいたし、ルシオッラは一階北側の自分の部屋にいた。それぞれの居場所から考えて、あの時３０３号室に出入りできた者はいないはず。

それなら一体誰がどうやって？

この条件下でイヴァンを襲えた人物なんているのか？

そして彼が殺されたんだとして、シーツを用いずに死体を瞬時に消し去る方法なんて他にあるのか？

いや……疑え。探偵なら全てを疑ってかかれ。必ず何か方法があるはずだ。

俺は自分を叱咤《しった》してから改めて部屋の状況を調べて回った。

まず歌声を発し続けているラジカセに手を伸ばし、停止させた。

中のカセットを取り出してみる。

「テープか……」

回り続けていたのはラベルの貼られていないカセットテープだった。長さは六十分。

「流れていたあの歌って何だろう？　リリテアは聞いたことある？」

「あれは歌手による独唱《アリア》でしたが、原曲は地中海で古くから親しまれている伝統音楽《トラッド・ミュージック》だったかと思います。元はごく短い楽曲ですが、それを繰り返し繋《つな》げてダビングしたのでしよう」

日本ではほとんど馴染《なじ》みがない曲だと思いますとリリテアは言う。

「題名は？」

「後にとある詩人が名付けたことでそれが広まったそうですが、確か……沈みゆくセイレーンのための輪舞曲《ロンド》」

なるほどね。いちいちお膳立てを揃《そろ》えてくる。

「それ、ちょっと貸してください」

「うん？　ああ、いいけど」

ゆりうが手を伸ばしてきたので、俺は古びたカセットテープを手渡し、部屋のその他の部分に目を向けた。

明かり。部屋に入った時、天井の明かりは最初から点《つ》いていた。

備え付けの電話。受話器は本体にしっかりと収まっている。

中央の丸テーブルには椅子が一脚。

「……争った形跡がないな。襲われる直前、イヴァンさんは体が動かないって言ってた。睡眠薬とか、何か薬を使用したのかも」

「犯人がイヴァンさんの飲んでたお酒に薬を盛ったのかな？　それで眠らせてこの部屋まで運び込んで襲ったとか……」

「はいベルカ様。セイレーンが摩訶不思議《まかふしぎ》な神通力を用いて動きを封じたと考えるよりは、ずっと筋が通っているかと思います」

「あ、リリテアもそう思う？　えへへ。だよねー。そんな当たり前の推理で得意になるな。情けない助手だぜ」

その具体的な方法は別にしても、ドミトリに続いてイヴァンも姿を消した——それははっきりしている。

「フィドはどう思う？」

考えを伺うと、彼はしばし黙ったままある一点を眺めていた。

「ドミトリ、そしてイヴァン。そもそも奴《やつ》らはなぜ襲われたんだろうな？」

「それは……」

なぜだろう？

犯人が目についた人間をただ無差別に襲う狂人でないのなら、被害者には何か襲われる理由があったはずだ。

「ザヴァッティーニ一家とエリゼオ。どうも、まだ何か俺達《たち》の知らない秘密があるような気がしてならない。だよな小僧」

俺はフィドの見つめる先に、同じく視線を向けた。

丸窓の向こうには全面をただ黒く塗っただけの奇妙な絵が飾られている。

そこに月は描かれていない。

何もない、ただの不気味な空。

イヴァンの言った通りの――新月だ。

□

それから俺達は念のため三階の全ての部屋を調べてみた。けれど、どこにもイヴァンの姿は見当たらなかった。

次にこれも念のためということで、元々彼に割り当てられていた111号室も調べてみることになった。

中はやっぱり無人だった。

小さな丸テーブルの上には空のグラスと消された葉巻。

碌《ろく》になんの本も並んでいない空っぽの本棚。

ベッド脇には彼のものと思われる旅行鞄《かばん》が置いてある。特に荒らされた形跡はない。

その代わり――。

「ステッキはどこだ……？」

イヴァン愛用のステッキが見当たらない。303号室にもなかった。

一体どこへ？　持ち主と一緒に消え去ったとでもいうんだろうか？

一応クローゼットの中も確認してみたけれど、イヴァンの死体が押し込まれていた、なんてことはなかった。

「見事な満月だな」

その部屋を彩っている月の絵を見てフィドが言った。

確かに、丸窓の奥には黒を背景に真円の月が浮かんでいた。月の色は緑色だ。

「ここにもいないか。こうなったらまた表を探してみようか」

まだ風は強いけれど、雨は止《や》んできている。探すなら今だ。

けれどフィドの反応は鈍かった。

「フィド？」

「ん？　ああ……。賛成！　今度こそ先生も一緒！」

何か考え事をしている様子のフィドに代わってベルカが応え、続いてゆりうが無邪気に同意する。

「行きましょう！　あの人、窓から落っこちて中庭で苦しんでるかも！　ドミトリ君も！　もしそうならすぐに助けてあげなきゃ！」

「苦しんでいる……か」

苦しんでいるならまだいい。すでに苦痛すら感じない状態である可能性の方がはるかに高いからだ。

でも、死者が苦しまないとは誰にも言い切れない。

ハーピーもまだあのままだ。彼も苦痛の最中にいるのかも知れない。できることなら早く地上へ下ろしてやりたいところだ。


111号室を後にして玄関ホールへ向かうと、そこでちょっとした諍《いさか》いが起こっていた。

「ダメです！　あそこはエリゼオ様の大切なアトリエだと聞いています。お嬢様以外、何人《なんぴと》も立ち入りは許されません！」

「あなたも？」

「私もです」

「頑《かたく》なね。でもそんなことを言っている時かしら」

口論の主はウルスナさんとシャルディナだった。彼女の後ろにはカルミナとアルトラもいる。

「何をもめているんですか？」

「ああ、朔也《さくや》さん！」

声を掛けるとウルスナさんが助けを求めるように俺の腕を取った。

「この人達《たち》がエリゼオ様のアトリエを見せろとしつこいんです！」

「アトリエ？」

「言ったでしょう？　シャルの目的はエリゼオの幻の作品を正当な価格で買うこと。それがありそうな場所はどこだって探すつもりよ」

「だからアトリエを見せろ、か」

「ウルスナ様、それは敷地の外れに建つあの小さな建物のことでしょうか？」

「そんなのあったっけ？」

「ありました。朔也《さくや》様、観察と記憶を怠らないでください」

言われてみれば館を訪ねてきた時に見かけたような気もする。

「あそこ、エリゼオさんのアトリエだったんですか？」

ウルスナさんは躊躇《ためら》いがちに頷《うなず》く。

「はい……。大切な場所だからと、私も立ち入ったことはありませんが。アトリエの鍵だけはお嬢様が管理なさっておいでです」

「そうなの。あの子、ルゥだっけ？　ならこれからルゥのお部屋へ行ってちょっと拝借してこようかしら」

「ダメです！　今お嬢様は大変憔悴《しょうすい》してらっしゃいます！」

シャルディナ達《たち》相手に一歩も引かない。ウルスナさんは勇敢だった。

「ダメダメって融通の利かない給仕《メイド》ね」

シャルディナは目を細め、ぷっくりと頬《ほお》を膨らませた。思い通りに行かなくて機嫌を損ねている。

かと思えば今度は突然ウルスナさんの顔をまじまじと見つめ始めた。

「な、なんですか？」

「……そう言えば最初に見た時から思ってたんだけど、あなた、どこかで会ったことないかしら？」

「わ、私はあなたなんて知りません」

「そう？　でもどこかで見たことあるのよね。なんだったかしら……」

シャルディナはこめかみに人差し指を当てて一人で悩んでいる。そんな主人の記憶をスマートに補佐したのはカルミナだった。

「もしかして、前回のオリンピックじゃありませんか？」

「それよ！　陸上競技選手！」

痒《かゆ》いところに手が届いたらしく、シャルディナはパンと手を叩《たた》いて喜んだ。

「スペイン女子代表！　走り幅跳びの！　ね？」

「え？　ウルスナさん、陸上の選手だったんですか？」

全く予想外の情報だったので、俺も思わず反応してしまった。

「しかもオリンピックの代表選手？」

「そうよ！　絶対そうだわ！　名前は確か……えっとえっと……ウルスナ・イグレシアス！　フォームが綺麗《きれい》だったから印象に残っていたのよ！」

「その名前なら耳に覚えがございます！」

珍しくリリテアも強い反応を示した。

「知ってるのか？」

「はい。昔新聞か何かで拝見した覚えが」

「あなたも知ってるのね！」

妙なところでリリテアとシャルディナが通じ合っている。

間違いないわ！　と興奮するシャルディナに対し、ウルスナさんは恥ずかしそうにそっぽを向いた。

「む……昔の話です」

「へー！　そうだったんだ！」

これにはベルカもゆりうも驚きを隠せない様子だ。

「とうに引退しています。結局大した記録は残せませんでしたし……」

妙なタイミングでウルスナさんの意外な過去を知ってしまった。

「そうだったんですか。それで引退後に今の仕事に？」

「ええ……引退後は抜け殻と言いますか、やりたいこともなかったので……」

「あらそう。もったいないわね」

「もう私の話はいいじゃないですかっ」

ウルスナさんは堪忍してください！　と言って顔の前で両手を振った。ここへきて初めて可愛《かわい》らしい一面を見た気がする。

「ま、いいわ。思い出せてシャルはもうスッキリしたし。ところであなた達《たち》」

あれだけはしゃいでいたのに、謎が解けるとシャルディナはコロッと興味の対象を変えて、俺達の方を向いた。

「上の様子はどうだったの？　誰か死んだ？」

「それをこれから確かめようとしてるんだ」

死体を探すために外へ出るところだと伝えると、彼女はニマッと笑って俺の方へ駆け寄ってきた。

「死体探しっ。面白そうね」

「……宝探しと勘違いしてないか？」

普通ではないことは承知しているけれど、どんな感性をしてるんだ。

「それ、シャルもついていってあげる」

妙なことになってきた。

□

そんなわけで俺達は手に懐中電灯を持ち、総出で館の周辺を歩き回ってドミトリとイヴァンの姿を探した。

ウルスナさんとライルがそこに加わってくれたことは分かるとして、カティアもついてきたことは少し意外だった。てっきり塞ぎ込んで動けないものと思っていたけれど、やっぱり息子のことを案じているんだろう。

「うわっぷ！」

雨が上がっていたのは幸いだったけれど、嵐とも海風ともつかない強い風には辟易《へきえき》した。

「朔也《さくや》様、足元には重々気をつけてください」

リリテアは必死でスカートを手で押さえながらついてくる。こういう時、女の子は大変だ。

「ボクは全然へーき！　スカートは穿《は》かない主義なんだー」

そう言って大股で歩くのはベルカだ。フィドがついてきてくれていれば外も怖くないらしい。

一番後ろからついてくるシャルディナは――。

「ああっ！　お嬢様が大変なことにー！」

「カルミナ、なんとかしなさいっ」

豪華な赤いドレスが風で翻って大変そうだった。

この一行に彼女が交ざっていることに、改めて俺はめまいに似た感覚を覚えた。

シャルディナ・インフェリシャス。彼女はこの旅の目的であるはずなのに、気づけば一緒になって真夜中の死体探しに勤《いそ》しんでいる。

なんと言うか、不条理な展開だ。

□

ドミトリとイヴァンの姿――あるいは死体――を全員の目で念入りに探したけれど、結局館の周辺にも中庭にもそれらしいものは見つからなかった。

ハービーの遺体についてもこの強風では手出しができず、俺達《たち》は成果を得られないまま館へ戻った。

銘々が玄関ホールで力なく立ち尽くす。

「出なきゃよかった……」

シャルディナは風に弄ばれてすっかり不機嫌になっていた。乱れた髪をカルミナがそそくさと整えている様子は完全にこの場に不似合いだった。

「ああ……どうしてこんなことになったんでしょう……」

一方ウルスナさんは目に見えて落胆と恐れの感情をあらわにしている。そんな彼女の様子に同情したのか、ゆりうが元気付けるように言った。

「安心してください。犯人はこの灰ヶ峰《はいがみね》ゆりうの師匠である名探偵追月朔也《おうつきさくや》が必ず捕まえてくれますから！」

俺は今、弟子による華麗な丸投げを見た。

困っている俺を尻目に、フィドはベルカを引き連れて早々にその場から離れて行った。

「どこへ行くんだ？」

「もう一度１１１号室を調べてみようと思って。先生、何か気になることがあるみたい」

「分かった。そっちは頼むよ」

あちらの探偵チームにもチームなりの推論があるのかもしれない。信じて任せることにしよう。

「おっと、もうこんな時間か！」

腕時計に目を落としながらライルが言った。その言葉がトリガーになったかのように隣でゆりうが「ふわう」と欠伸《あくび》した。

あと数分で深夜０時になる。

釣られたようにシャルも「はわう」と欠伸をする。

「現状は他にやれることもないみたいね。だったらシャルはもう休ませていただくけれど、いいわよね？　そこの給仕、一番上等な部屋を用意しなさい」

「ウルスナです！　ここはホテルではないので一等も二等もありません！　ですが部屋ならいくらでもあります！　ついて来てください！」

シャルディナの横柄な態度にプリプリ怒りながらも、ウルスナさんはしっかりと案内しようとしている。律儀な人だ。

それを見てベルカが焦った様子で声を上げた。

「ま、待ってよー。みんなそれぞれの部屋で寝るの？　そ、その……こーゆー時は一箇所に固まって夜を明かした方がいいんじゃないかな？　なんて……」

「あなた、フィドの飼い主だったかしら？　次の犠牲者が出ないようにお互いを見張り合おうっていうのね？」

「そ、そーゆー意味じゃない、けど……」

犯人像もその目的も不明である以上、一人になるのは危険だという見方は一理ある。

「でも嫌よ。夜通し起きてるなんてこと。シャルはいつでも眠りたい時に寝て起きたい時に起きるの」

そう言い残してシャルディナはウルスナさんを伴って二階へ消えていった。

その姿を見送ると、今度は見計らっていたようにライルが軽く手を上げた。

「申し訳ないがボクも部屋に戻らせてもらうよ！　正直なところ、今は全員を信頼することが難しい！　すまない。大声で言うのは憚《はばか》られるが、今は一人でいたい！」

「……私も。この際だから言わせてもらうけど、私からしてみたらあんた達《たち》が一番怪しいのよ」

夫に続くようにカティアも断固とした表情で俺達のことを指差す。

「そんな！　いくら不安だからって今下手にバラバラになっちゃったらそれこそ危険だよ！」

あからさまな疑いの目にベルカが異を唱えたけれど、ライル達は構わず行ってしまった。

「サクヤ……」

「俺もできれば一箇所に固まっていたいところだけど、次の被害者が出ると決まっているわけじゃない以上、無理強いもできない」

犯人の狙いがこの島にいる全員を皆殺しにする、なんてことでもない限り、ライル達の意思を無理矢理《むりやり》曲げさせるわけにもいかない。

「俺達も部屋に戻ろう。要は鍵をかけて朝まで部屋に誰も入れなきゃいいんだ。それに俺達の部屋は隣り合ってる。もし何かあっても数秒で駆けつけることができる。だろ？」

そうして不安を抱えたまま、俺達は消灯を迎えることになった。

ゆりうとリリテアが連れ立って階段を登っていく。

その場に誰もいなくなったことを確認してから、俺も同じく階段に足を掛けた。

でも、思いとどまって引き返すことにした。

向かった先は――ルシオッラの部屋だ。

小さくノックして声を掛ける。

「ルゥ。平気か?」

地下空洞での一件のあと、恐ろしい出来事の連続で満足にルシオッラの様子を見てやれていなかったことが気にかかっていた。眠る前に顔を見て一言でも声をかけてあげたいと思った。

返事がなければ、寝ているものと判断してすぐに引き取るつもりだった。けれど、思ったよりも早く中から「どぞ」と返事がした。

部屋の中に入る。

ルシオッラは窓際にいた。

その小さな体をいつもの車椅子に沈めて窓の外を眺めている。

キラリ――。

ベッドの横に鈍く光る物があった。

それはルシオッラの義足だった。

夜眠る時はああして外しているらしい。

「何を見てたんだ？」

声をかけながら隣に立って窓の外を見る。

すると「ウサギさん」と彼女は言った。

「ホントだ」

窓から漏れ出た部屋の明かりが外を四角く照らしている。そこに光る二つの目。

「時々顔を見せにくるの」

別に世話をしているわけじゃなく、野ウサギだと言う。

仲良しなのかと問うと、そうでもないと言う。

「でも、あのピョンピョンする動きが好き」

ルシオッラはウサギの跳ねる様を「きれい」と言った。

話しているうちに、野ウサギは小さく跳ねながら草むらへ消えて行った。

それを見送った後ルシオッラは俺を振り返り、言った。

「あれからどうなったの……？」

まだルシオッラは事件のあらましを誰からも聞かされていない。

「ルゥ……グラフィオのことで大変なこと、しちゃって……」

「そのことはもういいんだよ。少なくとも今は。それより……言いにくいんだけど、もっ

と大変なことが巻き起こってる」

俺はできるだけ言葉や表現を選びながら、この館で起きたことを説明した。

ドミトリとイヴァンが誰かに襲われて姿を消したこと。

犯人はまだ分からないこと。

けれど、シャルディナが無慈悲に設けた制限時間《タイムリミット》のことは言えなかった。

事情を知ったルシオッラは車椅子の背もたれから体を離して俺の袖を強く掴《つか》んだ。

「そんな……！　あの二人が……？　消えたなんて……どうして？　ルゥもグラフィオも、もう何もしてな……」

「分かってる。でも今は懺悔《ざんげ》するよりもぐっすり眠った方がいい」

落ち着かせるように俺はベッドの毛布をめくって見せた。

「……ん」

ルシオッラは素直に頷《うなず》くと、腕を使って車椅子から器用にベッドへ移った。俺が手伝うまでもなかった。

俺は部屋の電気を消して、ベッドに備え付けられた小さな照明を灯《とも》した。

ルシオッラは毛布からちょこんと顔を出すと、じっと俺の顔を見つめてくる。

改めて、なんて綺麗《きれい》な顔と瞳をしているんだろうと驚く。

俺はベッド脇の小さな時計を確認してからルシオッラに声をかけた。

「ルゥ。誕生日おめでとう」

「え? なんで?」

時計の針は午前0時を指していた。

「ウルスナさんから聞いたんだ。ハッピーバースデー」

ウルスナさんが用意しているサプライズには触れていないから大丈夫だろう。

「あ、ありがと」

ルシオッラは照れ臭そうに耳たぶを触っている。

「ね、サク」

「ん?」

「死ぬって、怖い?」

誕生日の話題から一転、突然そんなことを訊《き》かれて内心ドキッとした。

「きっと怖いし、痛い。ね?」

「どうしてそんなことを訊くんだ?」

「だって……」

その瞳が不安げに揺れる。それを見て俺は質問の意図を理解した。

どうしても何もない。こんなに次々と人が命を落とせば不安になるのも当然だ。

一瞬、俺の特異体質のことを知ってそんな質問を口にしたのかと思ったけれど。

「大丈夫だよ。ルゥは死なない。皆がついてる。フィドのあの牙を見ただろう？　頼りになるよ」

「サクも？」

彼女は毛布の中から白い手を伸ばしてくる。

「えっと……うん。次点で俺もいる。リリテアだって心強い存在だ。だから大丈夫」

俺はその手をキュッと握った。

「だけど人はいつか、やがて死ぬ、よね？」

寿命のことを言っているんだろうか。

「それは……そうだけど」

「その時の死も、怖い？」

その純粋な問いかけに俺はなんて答えたらいいかしばらく迷った。

「……分からない。だけど、その時の死は怖くない場合もある、と思う。怖いのはさ、やり遂げられないまま死んじゃう時……なんだよ。きっとね」

「何を？」

「夢とか……恋とか？」

何を言ってるんだ俺は。なんかものすごく恥ずかしくなってきた。

「心残りの話、ね？」

「そう。それ」

「サクにもある？」

「心残り？　まあ、それなりに……」

ルシオッラが毛布の中でわずかに身を捩《よじ》る。

「サク……死なないでね？」

「俺は……」

なんと答えたものか。

少し考えて、結局俺はこう言った。

「死なないよ」

「なぜ？」

「……本当は秘密なんだけど。ルゥにだけ特別に教えてあげようかな」

「え？　え？」

声を潜めてそう囁《ささや》くと、ルシオッラは枕から少し頭を浮かせて食いついてきた。

「なぜなら、俺は不死身だからさ」

「……ふじみ？　イモータル？」

遠い国の御伽噺《おとぎばなし》でも聞いているような顔をしている。

どうしてこんな話をこの子に聞かせているんだろう。自分でも不思議だった。

どんな形であれ、ルシオッラを安心させてやりたいから？

どうせ本気にしたりしないだろうと思っているから？

分からない。

「死なないの？　何があっても？」

「そうだ。たとえ首をちょん切られたって平気なんだ」

俺は自分の首を掻《か》き切るマネをして舌を出して見せた。

それを見てルシオッラは毛布に顔を埋《うず》めてクスクス笑った。

「なら、安心安心」

「ああ。あの世に落っことされても、またこの世に舞い戻ってくるよ。何度でも」

「それなら——もしルゥが先に死んじゃったら、サク、迎えにきてくれる？」

「行くよ。あの世は死者でいっぱいだけど、こんなに可愛《かわい》い子ならすぐに見つけられる」

調子に乗って軽口を叩《たた》くと、ルシオッラの顔が見る見る赤くなっていった。

「約束、ね」

「約束だ」

六章　探偵みたいなこと言わないで

最初に写真家のハービーが殺された。

けれどそれは海の中に隠れ潜んでいたシャチのグラフィオがやったことだった。

次にドミトリが姿を消した。

殺されたとしか思えない痕跡を残して。

立て続けに今度はイヴァンが姿を消した。

何者かに襲われ――いやおそらく殺された後で。

そう、ドミトリとイヴァンには申し訳ないけれど、ここでは二人はもう殺されてしまったものとして考えを進めていこう。

俺はあてがわれた２１０号室のベッドに横になったまま、ここまでのことを整理していた。

寝息を立て始めたルシオッラを見届けてから、俺は自分の部屋に戻りすぐにベッドに横になった。けれど案の定安眠なんてできやしなかった。

スマホの時計はもう午前三時を示している。時間だけが刻々と過ぎていく。

けれどおかげで落ち着いて色々と考えることはできた。

まず、ドミトリはなぜ一人であんな場所に行っていたんだろう？

わざわざ掛けられている鍵を開け、西館へ渡り、一体何をしていた？

彼の目的と殺された理由には何か関係があるんじゃないだろうか。

それからイヴァン——。

彼もなぜ自分の部屋ではなく303号室なんかにいたんだ？

それにあの電話があった時、他の皆は一階にいた。

それなら犯人は俺達《たち》の知らない誰か？

館の——この島のどこかに俺達の知らない誰かが潜んでいるんだろうか。あのアルビノのグラフィオみたいに。

俺はベッドから体を起こして外の風に耳を澄ませた。

「イヴァンが襲われた直後、俺達は大急ぎでラウンジを出て303号室に向かった。それなのにあの部屋には誰の姿もなかった……」

あの一瞬で、一体どうやってイヴァンの遺体を持ち去り、自分自身も姿を消したんだ？

まるで人間業とは思えない。

「まさか本当にセイレーンってやつが襲って回ってるっていうのか？」

深く思考を巡らせていると、ふいに部屋の戸が叩《たた》かれた。

リリテア？　それともベルカかな。

「今何時……」

ドアの側《そば》に近寄って例の合言葉を口にしかけて、俺は馬鹿らしくなってやめた。

どうせ意味をなさないんだから、さっさと開けてあげたほうが親切というものだ。

他の皆には誰か訪ねてきてもドアを開けるななんて言ったけれど、こと俺に関して言えばそんな用心は無用だ。

むしろ犯人が直接向こうから訪ねてきてくれるなら大歓迎。それで相手の顔を拝めるならどうぞ襲ってくれと言いたい。

いや、できれば殺されたくなんてないし、痛いのは勘弁して欲しいけれど。

「誰だ？　一人が怖くなって訪ねてきちゃったのか……な……」

軽口を叩きながらドアを開ける。

すると――。

「あ」

「誰が怖がっているというのかしら？」

ドアの前に立っていたのはシャルディナだった。

予想外、想定外。

意外な訪問者だ。今は部下すら連れてはいない。

俺は瞬時に身を硬くして相手の意図を探った。

「…………夜這《よば》い？」

「違う！」

シャルは心外そうにその小さな足で床を踏みつけた。

「せっかく再会したのだから、ゆっくりお話でもしようかと思ってあげたの」

「俺と？」

「・・・」

「残り時間も少なくなってきたでしょう？　だから、今のうちにね？」

「誰のせいで制限時間なんてものができたと思っているんだ」

てっきり部屋に入ってくるのかと思いきや、シャルディナは肩にかかった長い髪を手で払うと廊下を歩いて行ってしまった。

「ついてきなさい。あなた一人で」

彼女は優雅な足取りで階段を降り、そのまま玄関ホールの扉を開けて外へ出た。

さかまく風が俺達《たち》を迎えた。

さっき皆で外へ出た時と天候の状況はあまり変わっていない。

空には幾重もの雲が覆い重なり、それは忙《せわ》しなく一方向へ流れている。

「雨も止《や》んでいることだし。真夜中の散歩でもしてあげましょうか」

ナチュラルに恩着せがましいシャルディナは、敷地内を右手に向かって歩き出す。

シャルディナは石垣に手で触れながら歩く。下校中の小学生がガードレールや金網なんかで無意識にやる、あの仕草だ。

俺も真似《まね》して触れてみた。石垣を覆う苔《こけ》の手触りが思いの外心地よかった。

「相変わらず、不死身なの？」

そのまま館沿いに進んで右折し、裏手へ回り込むとハービーの遺体がある場所へ出る。

シャルディナはそちらへは行かず、その手前にある石垣のアーチを潜《くぐ》った。

そこから敷地の外へ出るとすぐに海が見えてきた。

黒々とした海面が巨大な蛇の背のようにうねり狂っている。

俺達は岩盤に打ち付けられた波が花火みたいに四散して白い泡を咲かせる光景を見た。

「知ってたのか」

シャルディナからの質問に反応できたのは、ずいぶん時間が経過した後だった。

彼女は俺の特異体質を知っている。

「当然よ。あなた、シャルを誰だと思っているの？　そしてあなた、自分を誰だと思っているの？」

「……それはどういう意味だ？」

前半は分かる。シャルディナの情報網をもってすれば俺の秘密なんてすぐに暴いてしまえるだろうから。でも後半の言葉はよく分からなかった。

俺は俺だ。そんなに大層な代物じゃない。

「相変わらず父親の死の真相を追っているのね？」

俺の質問には答えず、シャルディナは次の質問に移った。

いつ何を訊《き》くかはシャルが決めるの、とでも言うように。

「追月断也《おうつきたつや》は死んだ。それじゃダメなの？」

「ダメじゃないよ。それが真実なら。俺はただ真実が知りたいんだ」

「探偵みたいなこと言わないで。ね、これちょっと持ってて」

突然俺の胸元に飛び込んできたかと思うと、シャルディナは俺の手の中に何かを残して自分は浜辺へ降りて行った。

手渡されたのは彼女の履いていたハイヒールだった。

シャルディナは足跡を点々とつけながら浜の端っこを歩いていく。

きっとこの砂浜も普段はもっと広いんだろうけど、今はかなり手前まで激しく波が押し寄せてきている。

そんな波の切れっぱしが彼女の素足を洗う。

客観的に見てその光景は……シャルディナを含んだその景色は、どう言い繕おうとも絵画的で美しかった。

あと数時間もすれば、あの水平線の向こうから無慈悲なミサイルが飛んできてこの画廊《ガレリア》・島《イゾラ》を蹂躙《じゅうりん》してしまうことが分かっている。それは他ならぬあのシャルディナの気まぐれな

指示だというのに。

「朔也《さくや》、シャルの言いつけ通り、遥々《はるばる》この地中海までやってきたご褒美に少し教えてあげる」

スカートの裾を摘《つま》んで踊るように波を避《よ》ける。目を離すと強い波にさらわれて海へ消えて行ってしまいそうで少しヒヤヒヤした。

「例の旅客機、落としたのはシャルじゃないわよ」

「……それなら一体誰が？」

「あなたを手に入れたい誰か」

「え？」

「冷静に考えてみなさい、朔也。何度死んでも生き返る。そんな人間を世界が放っておくと思う？　それって、ちょっと人より走るのが速いとか綺麗《きれい》な絵を描けるとかそういう次元の特技じゃないのよ。分かってる？」

「それは分かっ……」

「それ、控えめに言って人類の夢なの。そんな夢、誰だって手に入れたいと思うでしょう？　追月《おうつき》朔也を独占したいと思うでしょう？　でもそれをするには追月断也《たつや》はあまりにも邪魔な存在」

「俺のせいだって言うのか!?　俺を狙う誰かが先に親父《おやじ》を始末したって……」

狙われていたのは――俺？

「今、世界の裏側で大きな渦が起き始めている。そしてその渦は朔也、あなたの不死を中心に回っているのよ」

流れる雲が時折千切れ、そこから月が見え隠れしている。こぼれ落ちた微《かす》かな月光が海に反射する。

「今はまだ準備の段階。でも全てが整ってしまったらその時はもう、殺人事件がどうとか、密室がどうとか言ってられない世界が到来しちゃうわよ」

そんな世界でもあなたは探偵を名乗っていられる？

シャルディナはいつの間にか砂浜から上がっていて、俺の方につま先を差し出す。

「履かせて」

「靴くらい自分で履けないのか」

「安心なさい。シャルの生涯にそんな機会は訪れないわ」

「……なんだそれ」

「ほら早……ひゃ！　くすぐったい！」

「先に足の裏の砂を払っとかないと後で靴の中がジャリジャリするだろ！　足の指の間

も！」

「や！　変なとこ触らないで！」

口論をしながらヒールを履かせた。

何やってんだろうか、俺。

ハイヒールの爪先を地面でトントンしながら、シャルディナが前方を指す。

「さ、到着したわよ」

「着いたって……ここ……もしかして」

見ると俺達《たち》の目の前に一軒の小さな建物があった。

「そ。エリゼオのアトリエ。言ったでしょう。シャルはエリゼオの処女作が欲しいの。ここ、いかにも何かありそうじゃない？」

「最初からここに来ることが目的だったのか」

「白々しいわね。あなただって最初からアトリエ《こ こ》を調べるつもりでこんな時間まで起きていたんじゃないの？　館で起きた事件の手掛かりがあるかもしれないって」

「……どうだったかな」

「しらばっくれて。事件を解決するためならルールも破る。ちっとも断也《たつや》と似ていないと思っていたけど、やっぱり息子ね」

「不名誉すぎる評価だ。心外だ」

顔をしかめて見せるとシャルディナは子供みたいに笑った。

「さ、入りましょう。鍵、開いてる？」

「どうかな」

ウルスナさんの話を聞く限り望みは薄い。それでも俺は一応アトリエの周りをぐるっと一周して確かめてみた。

アトリエは館に比べて本当に小さな建物だった。

あっという間に一周できそうだ。

裏手は斜面になっていて、窪地《くぼち》になっている。そこに数本、木々が生えていて枝がバサバサと風に揺れていた。

俺はなんとなく興味を惹《ひ》かれてそこへ降りてみた。

見渡すと、そこは天然のちょっとした広場のような立地になっている。

天気の良い日なんかにあそこの木陰で過ごしたらさぞ心地いいだろう。

歩いてみると、地面の一部が砂場みたいに柔らかくなっているのが分かった。浜の砂を持ち込んだみたいになっている。

「ははー、ここ、ルゥの遊び場なのかな？　っと、こんなことしてる場合じゃない」

結局アトリエには裏口もなく、窓も全て施錠されていた。

急いでその場を後にしてアトリエ正面に戻ると、シャルディナが怒っていた。

「何やってたのよ。シャルを待たせないで」

「悪い。入れそうな場所はなかったよ」

「でしょうね。それじゃ仕方ないわ」

そう言うと彼女はどうやって収納していたのか、スカートのどこからかおもむろにコイン大の、見たことのない機械を取り出した。

それをドアの鍵穴に取り付ける。するとすぐに謎の機械が小さな音を発して駆動し始めた。

「……それ、なんだ？」

尋ねる間にガチャンと鍵の開く音がした。

「シャルの秘密の道具。おまかせアンロックくん。大抵の鍵なら自動で開けてくれるの。便利でしょ？」

そのネーミングセンスはどうかと思う。

「でも勝手に入るなんて」

「あなた、怪盗相手に何言ってるの？」

そう言えばそうだった。目の前にいるのは世界的に指名手配されている怪盗なんだ。

「嫌ならシャルを止めてみれば？　探偵さん」

「む……」

結局俺は好奇心と事件解決への使命に駆られて、アトリエの中に足を踏み入れてしまった。

「あーあ入っちゃった。はい共犯ね」

今、語尾に黒いハートがついていたような気がする。

「埃《ほこり》っぽいわ。サイテーのワーストね」

シャルディナの言う通り、アトリエの中は漂う空気からして埃っぽくて、長らくまともに掃除されていないことがわかった。

中は真っ暗でほとんど何も見えない。かといってこっそり立ち入っている以上、堂々と電気を点《つ》けるわけにもいかない。

「はい」

するとシャルが小さなペンライトを手渡してきた。これもスカートの中から出したんだろうか。

アトリエというからもっと画材や描きかけの絵で埋め尽くされているのかと思っていたけれど、中はどちらかというと書斎に近い雰囲気だった。

海側に一枚の窓があって、その手前に重厚な机、左右に棚が並んでいる。

間取りはシンプル。この一部屋だけだ。

「エリゼオ・デ・シーカはここで一人きりの時間を多く過ごしたのね」

「本当に幻の処女作なんてものが存在するのか？」

「何十年も前にエリゼオが一度だけ美術誌のインタビューに答えたことがあるんだけど、その時に言ってたのよ。私の本当の処女作は誰の目にも届かない場所に隠してあるって」

「そうだったのか。出来に納得がいかなくて隠していたのかな？」

「どうかしら。そのインタビューで彼はこうも言っていたわ。あれは呪われているからって」

「呪われている？」

不吉な絵という意味だろうか。

「当時は単なるリップサービスだと受け取られていたようだけれど、記事を読んだ時シャルはなんとなく引っかかったのよ。もしかして本当にあるのかもしれない。そして、あるとしたらそれは誰も知らない彼の隠れ家に違いないって。いつか時間を見つけて訪ねてみたいって思ってたのよね」

シャルは壁にかけられた絵を順番に確かめていく。

「んー……ダメね。ここにあるのは他の画家の絵ばかりだわ。まあ、エリゼオはプライベートな空間に自分の作品を飾りまくるような恥知らずな性格ではなさそうだったし、ある程度予想はしていたけれど」

一方俺はエリゼオの机が気になっていた。

机の上には彼の残した練習画が束になっていた。クロッキーと言うんだったか、人物や動物が木炭で生き生きと描かれている。

人物画の多くは小さな女の子だ。幼少期のルシオッラだろうか。

その他にインク瓶や卓上ランプ、底に埃《ほこり》の溜《た》まった空のカップや万年筆など、机の上はかなり雑然としていた。

けれど特別目に留まるようなものはなかった。

物足りない気持ちで顔を上げる。すると目の前にシャルディナの顔があった。

「サクヤ、あっち向いて」

「え？」

「ほい」

彼女の指先に導かれるままに、思わず上を向いてしまった。

「急になんのつもりだ。遊んでる時じゃ………あ」

「ね。気になるわよね。あれ」

天井に取っ手のようなものが見える。シャルディナはあれを見せたくて仕掛けてきたらしい。

部屋をよく探してみると、棚の裏から引っ掛け棒が見つかったので、それを使って取っ手を引っ張ってみた。

すると天井から収納式の梯子《はしご》が降りてきた。

「おー、こういうの、子供の頃憧れたな」

「外からじゃちょっと分からなかったけれど、屋根裏部屋があるみたいね」

「登ってみるか。レディファースト?」

「いやよ。下から覗《のぞ》くでしょ」

「覗くもんか。俺が見たいのは真実だけだ」

「だから探偵っぽいこと言わないで」

結局俺が先に梯子を登った。

屋根裏部屋はどこかカビ臭く、そして海の匂いがした。

家具のようなものはない。

唯一あるとすれば、使い古されたロッキングチェアーと丸テーブルだけ。

「朔也《さくや》、面白そうなものがあるわよ」

シャルディナがテーブルの上を指す。そこには古い日付の新聞記事と一冊の日誌がひっそりと置かれていた。

その日誌はエリゼオのもので間違いなさそうだ。

慎重に最初のページをめくると、そこにはこう書き込まれていた。

——シーアレイツを起こしてはならない。

「シーアレイツ……？　どこかで聞いた言葉だ……。あ、そうだ、確かあの絵のタイトルだ……」

玄関ホールに飾られているエリゼオの絵。

「シーアレイツ……エリゼオの考えた造語だって話だったけど……一体何を指してるんだ？」

深まる謎にちょっと面くらいながら、俺はペンライトで照らしながらページをめくっていった。

多くはこの島での些細《ささい》な季節の変化や、新しい絵のモチーフについてのメモで占められていた。

もちろん孫娘のルシオッラの成長記録も。

けれどあるページの記述に俺の目は吸い寄せられた。

そこだけが他とは違う色味を帯びていたからだ。

〈エリゼオの日誌　十二月十日〉

今年もザクロの木に実がつき始めた。

この季節になると今でも1964年の冬を思い出す。

遠い北の大地の風鳴りを思い出す。

あの頃、私はまだユーリと呼ばれていた。今となっては懐かしい名だ。

あの冬、政府がボストークの成功に浮かれているその裏で、我々の計画は暗礁に乗り上げていた。

ボリス、イサーク、そして私の三人が中心となって立ち上げた研究は長らく成果が上がらず、国からの援助も望めない状態で、我々は徐々に追い詰められていたのだ。

あの頃は誰もが大学を卒業したての未熟な若造で、先の見えない日々に喧嘩《けんか》やいさかいも増える一方だった。

「我々の研究成果は？」

「1コペイカ！」

よくそうやって自分達《たち》の研究成果をとびきり安く見積もって皮肉も言い合ったものだ。

しかしそのような中でもイリナだけはいつも穏やかで、血気盛んな男どもをなだめてくれていたものだ。

美しいイリナ。思えば暇潰しにと独学でこっそり始めた趣味の絵を唯一褒めてくれたのも彼女だった。

イリナ。私があんな状態でも研究にしがみついていられたのは、そこにキミがいてくれたからこそだったんだ。

＊　＊　＊

仲間と共に始めた、取るに足らない夢物語のような研究に光明が差したのは、翌年の夏のことだった。

ノルウェーに本拠を置くヒャルタ重工なる企業から出資の申し出があったのだ。一も二もなく、我々はその話に飛びついた。

それから研究は一気に前進した。

海外の正体不明な企業に力を借りることを懸念する声もないではなかったが、あの時の我々に選択肢はなかったのだ。

――これでシーアレイツの完成にまた一歩近づく。

私も含めて皆、研究者としての野心に囚《とら》われていた。

シーアレイツというのは数人の仲間同士で呼称していた研究対象物の仮の名前だ。

皆でランダムに選び出した単語をデタラメに並べて作っただけのもので、そこに意味はない。

ただ、この世界にまだ存在しないものを生成《つく》ろうとしているのだから、その名前も存在しない言葉がいいだろうと思ったのだ。

この名を使うのは仲間内でのみ。故にこの言葉を知るのは世界で我々四人だけ。

若き野心が道を踏み外し始めたのはヒャルタ重工からの出資を受けて間もない頃からだった。

＊　＊

そろそろ人体実験に踏み切る時だ——最初にそう言い出したのは意外にも気弱なボリスだった。

モルモットを使った生体実験は資金の許す限り度々行ってはいたが、人間に対してはまだ行ったことがなかった。

我々の研究はもうその段階《フェーズ》に来ているとボリスは主張した。

時期尚早ではないか。危険ではないか。

もちろんそういった意見も出た。私もそう反論した。けれどボリスを責めることはできなかった。

もともとその時点でもかなりの研究費を食い潰していたし、研究成果の報告期限も迫っていたからだ。

結局人体実験は実施されることになり、被験者を探すことになった。

試作型のシーアレイツを被検体に投入。

定着の過程を記録し、その後実地試験に入る。

しかし、これが思ったように見つからなかった。

研究の内容上、おおっぴらに募集するわけにはいかなかったからだ。

街角で酔い潰れている宿無しに金を握らせて連れてくることもできたが、人道的な見地から私はそれに否定的な態度を取っていた。もちろん、被験者から秘密が漏れる可能性も危惧しなければならなかった。

後日酒の席で「割りのいい仕事を見つけた」などと武勇伝のように触れ回られては堪《たま》らない。

そうして我々男共がそうしてまごついている中、進んで手を挙げた者がいた。

イリナだ。

――私の肉体《からだ》を使ってちょうだい。

もちろん私は止めた。どのような危険が及ぶか我々はまだ全てを想定できていないと。

私は彼女を思いとどまらせようと、心を込め、時間をかけて説得を重ねた。

しかしあの日、予想もしなかったことが起きた。

眠っていたイリナに誰かが無断でシーアレイツを投与してしまったのだ。

＊　＊　＊

すぐに犯人探しが始まったが、特定に時間はかからなかった。

向こうから名乗り出たからだ。

やったのはボリスとイサークだった。

彼らは以前から試作品の完成度に自信を持っており、一刻も早くそれを人間で試したくて仕方がなかったのだ。

「大丈夫さユーリ。ボクらの叡智《えいち》の結晶には一点の曇りもない。イリナの体にはなんの心配もないよ」

イサークは悪びれる様子もなく私の肩を叩《たた》き、待ちきれないというように投与後のイリナの体のデータを取り始めた。

私は彼らを殴りつけた。だが、その時は結局袂《たもと》を分かつことはできなかった。

本音では私自身も見てみたかったのだ。

人類が踏み出す不死領域《イモータル・ドメイン》への第一歩を。

シーアレイツ——いや、エリクサーの実験の結果を。

□

俺は日誌から顔を上げて深く息を吐いた。

無意識に息を止めてしまっていたらしい。

「なんだこれ……？　エリザオって……一体何者なんだ？」

エリゼオ・デ・シーカ。

彼は画家のはずだ。リリテアもそう言っていた。

それなのにここに書かれているのはその肩書きからは程遠い内容だ。

計画――研究――シーアレイツ――エリクサー。

「ふうん。知られざるエリゼオの過去というわけね」

いつの間にかシャルディナが横から日誌を覗《のぞ》き込《こ》んでいた。机の上に腰をかけ、足を組んで。

「知られざる過去？」

「エリゼオはね、三十歳をずいぶん過ぎてから画家として注目され始めたんだけど、それ以前の素性が一切不明なのよ。おぼろげに分かっているのは、当時のソビエト連邦からイタリアへやってきたらしいということくらい。まあ、徹底的に秘密主義を貫いていてそれがまた画商やファンの興味を引いたんだけど」

「ここに書かれていることは彼が画家になる前の、ソビエトでのことだっていうのか」

「これ、何気に大発見よ。日誌によると彼は何らかの研究職に就いていたみたいね。そして何か表沙汰にはできないものを開発しようとしていた」

「それが……シーアレイツ？　それって一体なんなんだ？」

「多分……だけど、魔科学の秘薬《エリクサー》の型番《コードネーム》なんじゃないかしら」

「知ってるのか？」

「確証はないわ。でもそこに不死領域と書いてあるわよね。それでピンときたの。古くからそんな研究に手を染めている研究チームがいるって話はシャルの耳にも届いていたから」

シーアレイツは、開発者の間だけで共有されていた非公式な呼び名――ということか。

「そいつらが開発してるエリクサーっていうのは、不死身の人間を生み出すようなものなのか？」

「そうよ。エリクサーはここ十年の間に一部で囁《ささや》かれ始めた言葉。といっても裏のそのまた奥、一部の財界、薬学、生物学《バイオロジー》の分野でのことだけれど」

「エリゼオはその薬の開発に関わっていた……？」

「これを読む限りそうみたいね」

「そのエリクサーってのは一体どんな目的で作られているんだ？」

「肉体の自動修復《オートヒール》」

シャルディナの答えはシンプルだった。

「エリクサーを与えられた人間は、肉体のあらゆる損傷を自己の体内のみで修復可能になると言われているの。どんな怪我《けが》も、どんな病も」

「修復……そんなデタラメなものが……」

「あなた、自分のことを棚に上げて何を言ってるの？」

そこを突かれると返す言葉がない。

「エリクサー、それは人類を死という流行病《はやりやまい》から予防するワクチンなのよ。もっとも、全てはそれが無事に完成すればの話。長年単なる夢物語として誰からも相手にされていなかった。――らしいんだけど、でもあるとき、例の研究チームが実験用のマウスに自己修復機能を与えることに成功したという声明をその筋にだけ発表したの。映像付きでね」

「つまり、エリクサーが完成したのか」

「話は最後まで聞きなさい。映像の中のマウスは足を切り離されても翌日には新しいものが生えてきていたらしいわ。だけど、その後の経過は発表されてない。どうしてだと思う？」

「結局、副作用か何かでマウスは死んだ？」

「でしょうね」

都合の悪い部分は伏せた、ということか。

日誌には半世紀以上前のこととして書かれてるのに、今もまだ完成してないのか。

不死を求めてそんなにも長い年月を研究に費やしている連中がいるなんて。

「それでもそれを見た愚かな連中には充分なインパクトだったのよ。にわかに注目が集まり始めて、世界中の有力者、権力者がこぞってエリクサーの研究チームに出資を始めた」

シャルは噛《か》んでないけれどねと、彼女は言葉の終わりに付け足した。

「それにしてもまさかエリゼオ・デ・シーカがあのエリクサー開発の発起人の一人だったなんて驚きだわ」

シャルディナの情報網にも引っかからないものがあるらしい。

「どうしてエリゼオはかつての研究チームを抜け、祖国から離れてイタリアへ渡ったのか。その答えはこの続きに書いてあるかもしれないわね」

シャルディナはこちらにグッと体を寄せると、チョイチョイと指先で日誌を突《つつ》いた。

「絵本の続き、読んで。パパ」

「やめろ」

〈エリゼオの日誌　十二月十一日〉

昨日、ふとした季節の弾みから遠い昔のことを思い出してしまったせいだろうか、今日になっても昔日の記憶が濁流のように溢《あふ》れ出《だ》して止まらない。

これではカンバスに筆を走らせる気分にもなれないので、ここに記憶を書き殴ることで我が心を鎮めようと思う。

イサークの言ったように、投与後もイリナの体に目立った副作用は見られなかった。

そして十日も経《た》つとイリナの体に想定していた効果が現れ始めた。

カミソリでつけた指先の外傷が半日で完治した、と書けばエリクサーのもたらした効果が分かるだろう。

私は依然として複雑な心境を引きずっていたが、目論見《もくろみ》通りの経過に皆は研究の前進を喜び合っていた。

だがそれは束《つか》の間《ま》の喜びだった。

二ヶ月が経った頃から徐々にイリナの体に想定していない異変が起き始めた。

肉体の崩壊だ。

錆《さび》が鉄を侵食するように、それはじわじわと彼女を蝕《むしば》み、苦しめた。

私は彼女を救うために生活の全てを犠牲にして打開策を探った。考えうる可能性は全て検討し直し、崩壊を止める手立てを探した。

だが結局のところ、私は何もできなかった。してやれなかった。

イリナが私の子を孕《みごも》っているとわかったのはそんな時だった。

果たしてお腹《なか》の中の子にどのような影響があるのか、それは誰にも分からなかった。

知らなかったこととはいえ、イリナは実験に我が子を巻き込んでしまったことを悔い、自分を責めた。

責めすぎて、おかしくなっていった――と言ってもいい。

月日が経つにつれ大きくなっていくイリナの腹。そして蝕まれていく肉体。

臨月を迎える頃には、イリナは辛うじて人の形を保っているのがやっとの状態となっていた。

起き上がれもせず、飲食物も喉を通らず、笑うことも泣くこともできない。

私は財産を擲《なげう》ってイリナの崩壊を止めるための薬の開発を急いだ。

誰とも顔を合わさず、眠りもせず、最愛の女性を救う手立てを探した。

しかしそんなものは、もう残っていなかった。

それどころか我々の研究には決定的な欠落と矛盾があり、このままどのように進めようともエリクサーの完成はなし得ないということが分かってしまった。

我々は単に肉体の再生能力にのみ着眼して研究を進めていたが、本質はそこにはなかったのだ。

時《クロノス》――。我々にはその概念が抜け落ちていた！

ダメだ、これでは……。どのように足掻《あが》こうとも、これでは――。

＊　＊　＊

そしてイリナがイリナとしてこの世にいた最後の日。

彼女は愛らしい一人の娘を産み落とした。それは奇跡のように、人の形をしていた。

誕生した我が子を抱き上げた直後、私は妻、そして母イリナの肉体が塵《ちり》と崩れ去るのを見た。

＊　＊　＊

その翌週、私は娘を連れて仲間の元を去ることを決めた。

いや、彼らはもう仲間ではなくなっていた。

実験の成果に目を奪われ、すでに歯止めが利かなくなっていたのだ。

その上、イリナの犠牲を「研究者としての献身的な自己犠牲」だったと美化することでさらに陶酔し、理論上の最適解と思われる方法はなんでも取るという空気がチームには出来上がっていた。

「今度は娘の方のデータを収集しよう」

決定打となったのはボリスのその言葉だった。

「胎内にいる時に母体を通じてシーアレイツに触れた子供だ。これ以上貴重なサンプルはないさ」

私がいない時にボリスがそう語るのを、私は偶然耳にしてしまった。それを強く否定する者は他にはいなかった。

彼らは理論を抱いて倫理をドブに捨ててしまったのだ。

このまま行けば、多くの無関係な人間を対象に人体実験を強行することは目に見えていた。

＊　＊　＊

そうして私は仲間と祖国を背にして逃亡者となった。

最愛の娘――アポロニアと、そしてまだ仲間の誰にも開示していなかった研究資料の断片を持って。

『イリナ・レポート』と名付けたその研究資料は、私が妻を救おうと足掻《あが》いていたその過程で得た結果をまとめたものだ。

あの資料は時を経た今もなお、この館の誰の目にも触れられない場所に厳重に保管封印してある。

今日まで何度処分してしまおうと思ったことか――。

しかしこの期に及んでも私はまだどこかで人を信じたいのだ。

願っているのだ。いつか、我々の研究を、シーアレイツを……正しき心で完成させる者が現れることを。

我が娘アポロニアと、孫の世代――いや全ての尊き生命のための福音として正しく用いてくれる者が現れることを。

その時、イリナの死と魂にも救済がもたらされるだろう。

□

階下でドアの開く音がして、俺は思わず日誌を読む手を止めた。

隣を見るとシャルディナも僅かに肩をすくめていた。「誰か来たみたいよ」とその顔は訴えている。

ついでに「そう言えばドアの鍵、開けたままだったわ」と、器用にジェスチャーで伝えてくる。

こんな時刻に、俺達《たち》以外に誰がこの閉ざされたアトリエを訪ねてくるというんだ？

一歩ずつ、床を踏みしめる足音。

「上に誰かいるのか？」

誰何《すいか》する声。

そう言えば梯子《はしご》を下ろしたままだった。

通常は仕舞《しま》われているタイプの梯子が降ろされていることに違和感を覚えたのだろう。

「……俺です」

仕方なく俺は名乗りを上げて梯子を降りることにした。

梯子で一階に降り、俺は一階の暗がりに立つ相手の姿を目に捉えた。

「朔也《さくや》君、キミか」

「驚かせてすみません。ライルさん」

「……こんな時間に、こんなところで何を？」

普段大声のライルが今は珍しく声を潜めている。

「すみません。ここがエリゼオさんのアトリエだと聞いて、それで何か事件のヒントでもないかと思って」

咄嗟《とっさ》にどう答えたものか迷ったけれど、結局ありのままを明かすことにした。実際、この状況は他に取り繕いようもなかった。

「後でルゥやウルスナさんには謝っておきます。ライルさんこそどうして」

「このアトリエの方へ向かう人影が館の窓から見えたものでね！　怪しいと思って飲みかけのワインも放り出して後を追って来たんだが、セイレーンでなくて心底ホッとしているよ！　とは言え、美人のセイレーンなら歓迎するが」

彼の冗談で空気が和らいだ。

「しかし鍵が開いていたようだが、キミが開けたのか？　さすがは探偵だな。開錠のための秘密の道具でも隠し持っているのかな」

「えっと、それは——」

それについてはシャルディナのやったことなので、その点を律儀に訂正するかどうか迷った。だがそれを言ってしまうと、まだ屋根裏に潜んでいるシャルディナのことも明かさなければならなくなってしまう。

あの大罪人と二人、結託して何をしていたんだと問い詰められると、さらにややこしいことになりそうだ。

ここは一つ、それとなく話を逸《そ》らせよう。

「それよりもライルさん、これを見てください。エリゼオさんの日誌を見つけました」

俺は手に持っていた日誌を見せた。

「日誌？　そんなものがあったのか。それで、何か分かったのかな？」

「ええ。驚きです。どうも彼には誰も知らない壮絶な過去があったみたいで」

俺は机に日誌を広げ、ペンライトで照らしながら内容の重要な部分に触れた。

「シーアレイツと呼ばれる秘薬の生成をめぐって大変な経験をしていたみたいで……」

「シーア……レイツ」

「ええ。大変なものらしいです。なんとなく……ですけど、もしかすると今回の事件には隠されていた過去の因果が何か関係しているのかも」

暗闇の中で熱っぽく日誌をめくる。

「そうか。キミは真実を知ったんだな。まさしく探偵というわけだ」

「褒めないでくださいよ」

「ところで、キミ、一人でここへ？　あのリリテアという美しい少女は一緒じゃないのか。常に行動を共にしていたようだけど」

「えっと、寝てるみたいだったので」

「そうか」

「ところでライルさん。俺、探偵だってこと、言ってましたっけ？」

流れの中でそう問いかけると、彼からの返答に一瞬の間ができた。

「言ったさ！　忘れたのかい？」

「いいえ。言ってませんよ。それから、あなたがこうしてわざわざこんな場所へ一人でやってきた理由もやっぱり分かりません」

「だからそれは人影を見て」

「誰も信じられないから自分の部屋にこもる。そう言ったあなたが、人影を見たからって、犯人がいるかもしれないこのアトリエに一人でやってきたんですか？」

また、間が空いた。今度は偶然とは言えない長い沈黙だった。

「最初から此処《ここ》に何か目的があってやってきたんじゃないですか？　そして偶然俺と鉢合わせてしまった」

ごまかそうと必死だったのは相手も同じだったんだ。

「ライルさん、あなたは何者ですか？」

「ボクはボクだよ！　朔也《さくや》君、さっきからどうしたんだ！」

思えば妙な点は最初からあった。

「あなたは宝石商だと言いましたね。だけど最初に握手した時、あなたの手には奇妙な感触があった。あの時はそれほど気にしなかったけど、今思えばあれは武器を扱う人間特有のタコだったんだ」

　立ちすくんだライルがゆっくりと右手を握り込んだのが分かった。

「具体的に言うと、銃——とか」

　銃。宝石商には不要な商売道具だ。

　どうして嘘《うそ》を重ねる必要があるのか、それはまだ分からない。でも、彼が普通でないことだけは明らかだった。

「どうしてそんな嘘をついたんですか？　ライルさん……あなたは誰なんです？　なんの目的があってこの島へやってきたんですか？」

　ライルは愉快な話を聞かされたとでも言うように表情を崩す。そして千切って捨てるみたいにこう言い放った。

「お宝をさ、ちょうだいしにきたんだ」

「お宝……？」

　どういう意味だ？

「シーアレイツだよ。そしてどうやらキミが見つけたその日誌の中に、それを見つける重要な情報が記されていそうだ」

　シーアレイツ。かつて北の大地で密《ひそ》かに開発されていた秘薬。

ライルはそれを求めている？

と――俺の脳細胞が余所見《よそみ》をしている刹那の間に、闇の中を泳ぐようにしてライルが距離を詰めてきた。

「あっ⁉」

距離を取ろうと身をひるがえした俺の背後に、恐ろしい速度で回り込んでくる。気づいた時にはもう俺の首は彼の腕によって完璧な形で絞め上げられていた。

想定外の速度だ。

「ぐっ……！」

「さっきの質問だが、キミは言ってないよ。探偵だ、なんてことはね。追月断也《おうつきたつや》の息子君」

ライルの太い二の腕が大蛇みたいに巻きついてくる。

「な……なんで……それ……を⁉」

「その名は裏の世界じゃ色んな意味で轟《とどろ》いているからな。キミ、画廊島へやってきたのは本当に単なる偶然か？　別の筋の依頼を受けて回収に来たんじゃあるまいな？」

別の筋？　なんの話だ？

「まあどっちでもいい。シーアレイツのことを知られてしまったんだから、もう消すしかない。キミのことは好きだったんだが」

「お前……一体……」

どんなにもがいてもライルの腕から逃れることはできなかった。これは人体の構造や弱点というものをしっかり理解した人間の、躊躇《ためら》いのない絞め方だ。

「お前がみんなを……殺したのか……！」

「みんな？　ああ、ドミトリにイヴァン。ボクの愛すべき家族達《たち》のことか」

そう言った彼の言葉はひどく白々しく聞こえた。

「違うね。あれはボ・ク・じゃ・な・い。別の誰かのやったことさ。プロは必要最低限の殺ししかしないからね。例えば今こうしてキミを殺すのは止《や》むを得ない、気の進まない仕事というわけだ」

違う……？

セイレーンの正体はライルじゃないのか……。

それなら一体——。

「キミの仲間に手出しはしないから安心するといい。無闇にボクを嗅ぎ回らない限りは、ね。ところで朔也《さくや》君、キミの連れの……ゆりう嬢だが、あの子、フリー……なのかな？」

なんでそこでゆりうの名前が出てくるんだ？

こっちが死にかけている時に、コイツ何を……。

「いや、照れ臭いんだが、ちょっと本気になってしまいそうなんでね。あとでアプローチ……してみようかな。フフ」

俺を絞め殺しながら、ライルは恋する少年みたいなことを言う。

俺をおちょくっているのか？　それとも本気で——。

「なんなんだ……お前……何……も……の」

絞り出したこちらの問いに、彼はどこかユーモアを含んだ言い回しで答えた。

「トレジャーハンターさ」

トレ……なんだよそれ。

「朔也《さくや》君、キミはセイレーンによって殺された。そういうことにさせてもらう。何やらこの島では不測の殺しが続いているが、その流れに乗じて海の伝説とやらを利用させてもらうとしよう。で、目的のものさえ手に入れたら、縁もゆかりもないこんな島からはさっさとおさらばだ」

次の瞬間、ライルの鮮やかな手捌《てさば》きによって、俺の首はあり得ない方向へ折り曲げられ、ブレーカーが落ちるように俺の意識は途絶えて召された。

天国だか地獄だかそういう場所へ、召された。

七章　探偵がすることなんて一つ

「あ。本当に生き返った」

活動することを思い出した心臓が急激に動き出し、俺の全身に再度血液が巡り始めた。

「う………」

焦点の定まらない視界の真ん中に、赤い花が咲いている。花にしてはずいぶん大きい。

「首、大丈夫？　寝違えた？」

違う。その花は少女だった。

シャルディナだ。

彼女は机の上に腰をかけ、床に倒れている俺を見下ろしていた。

「シャルを十五分も待たせるなんて重罪よ」

どうやら生き返るのにそれだけの時間を要したらしい。とは言え、記録としてはかなり早い方だ。

「シャルは……無事なのか」

「生き返って最初にする質問がそれ？　シャルならこの通り無事よ。ほら、足だってついてるでしょ？　うりうり」

シャルは笑いながらヒールのつま先で俺の横腹を突《つつ》いてくる。

「日本の幽霊《ゴースト》には足がないんでしょ？」

「俺は……殺されたの……か？」

「そうらしいわね。屋根裏にいても朔也《さくや》の首の骨が折れる音がはっきり聞こえたわ」

体を起こし、周囲を確認する。

エリゼオのアトリエだ。さっきと何も変わらない。

「あなた、最期までシャルのこと、言わなかったのね」

「別に庇《かば》ったとかじゃないからな。ライルさんは……？」

「シャルに気づかずに行っちゃったわ。あの日誌を持ってね」

「そうか」

シャルは不思議と嬉《うれ》しそうだ。

ライルは俺を殺した。だからドミトリやイヴァンのことを殺したのも彼。

そう結論づけることができたらどんなに楽だったか。

——あれはボクじゃない。

でも彼はそれを否定した。

立ち上がって服の埃《ほこり》を払ってから、俺は自分の首に手を当てて具合を確かめた。

「俺の首を折った時のあの手際……素人とは思えなかった。あれは殺し方を知っている人の動きだった」

「シーアレイツのことも知っているみたいだったわね」

と言うよりも、それこそが彼がここへ来た目的だったんだ。だから情報源となるエリゼオの日誌も持ち去った。

「誰かに雇われてこの島に潜入したんでしょうね。改めて尋ねるけれど、あの男、そもそもどういう肩書きでここを訪れていたの？」

「ルシオッラの遠縁の親戚だって話だった。殺されたドミトリ、イヴァン、そしてライルとカティア夫妻。それがザヴァッティニ一家だ。エリゼオさんの訃報を聞いて一家でこの島を訪れていたって」

シャルは机の上で足を組み替える。

「ずいぶん物騒な親戚がいるのね」

ルゥは彼の正体を知っているんだろうか？

いや、知らなくても不思議はない。

幼い頃この島に来て以来、ろくに島の外のことを知らず今日まで育ったんだ。自分にどんな顔の、どんな素性の親戚がいるのかなんて、エリゼオから聞かされでもしていない限り、知り得ないことだったんじゃないだろうか。

「かつてエリゼオはシーアレイツの研究資料の断片をソ連から持ち去った。彼の日誌には、それをこの島のどこかに隠して保管していると書いてあった」

「あの男はどういうわけかその存在を知って、それを奪い取りにきた。その過程で秘密を知った相手をことごとく殺していった……ということかしら？」

ドミトリ──イヴァン──そして俺。

確かにそれは筋の通る考え方だ。

「それにしても家族を手に掛けるなんて、とんでもない悪党さんだこと」

お前が言うな、と言いかけて俺はやめた。

「ライルがどういう経緯でシーアレイツの秘密を知ったのか。手に入れてどうするつもりなのか……残念ながらそこまでは聞き出せなかったな」

聞き出す前にあっさり殺されてしまった。

ライルも無駄話が過ぎたと思ったんだろう。

「ちょっと待って」

気づけばシャルディナがポカンとした表情でこちらを見ている。

「朔也《さくや》、あなたまさか相手から情報を引き出すためにわざと挑発的なこと言って自分を襲わせたの？」

「え？　そうだけど？」

狩人《かりゆうど》は追い詰めた獲物を仕留める時ほど本当のことをよくしゃべる。

特に、この後100%確実に相手を殺し、口封じできることが分かっている場合には。

だから俺は他の犯行について否定したライルの言葉を信じた。

これから死にゆく者にわざわざ嘘《うそ》をつく人間はいないからだ。

冥土の土産に聞かせてやろう——というヤツだ。

そして実際ライルはいくつかの情報を聞かせてくれたし、実際その後俺は殺された。

「そうね。普通ならそれで相手の勝ちだわ。真実を知る者はこの世にはいなくなる。ところがあなたは聞き出した情報を保持したまま生き返っちゃうってわけね。大したものだわ」

俺は俺の持てる術《すべ》を活《い》かして情報を集めた。それだけだ。

「だけどあえて言うわ。呆《あき》れた。あなた自分の命をなんだと思ってるの？」

「辛辣だな……」

分かってる。こんなものは交渉術でもなんでもない。

「ライルが言葉通り不要な殺しをしないというなら、これ以上他の誰かを襲うこともないだろうけど……」

「まだあの男には聞きたいことがあるのよね？　それなら直接聞いてみればいいじゃない。相手はひっくり返るかもしれないけれど」

「……そうするつもりだよ」

おそらくライルは館に戻っているはず。何食わぬ顔、何殺さぬ顔で。

「館に戻ろう」

「うん。それじゃ降ろして」

シャルディナが机に腰掛けたまま俺に手を差し伸べてくる。

「自分で降りろ」とそれを撥《は》ね除《の》け、俺はアトリエを出た。
□

潮騒《しおさい》と風を体に受けながらシャルディナと二人、来た道を戻る。

あんなにも分厚く空を覆っていたのに、いつの間にか雲は途切れがちになっていて、雲間から月が見え隠れしていた。

おかげで幾分夜の闇が薄らいでいる。

見上げた先には佇む者達の館《デモニアカヴィラ》。

急がないと――。

そう思った時、屋上で何かが――いや、誰かが動くのが見えた。

東館の屋上に人がいる。

ライル？

違う。

月光を浴びて闇の中に輝くプラチナブロンド。軽やかに飛び跳ねる細い体。

「リリィ！」

こんな真夜中に屋上で何を？

部屋で眠っていたんじゃないのか。人のことは言えないけれど。

「あの子ったら、我慢できなかったのね」

遅れてやってきたシャルディナは屋上の様子を見上げるなり、細い腰に手を当てて嘆息した。

言われてよく観察してみると、屋上にはリリテアの他にもう一人いた。

鮫《さめ》みたいに危険な長身の女。シャルディナの右腕――だか左腕。

アルトラだ。

二人は互いに近づいてはまた離れ、そして交差している。

あれはまるで決闘だ。

いや、まるで――どころじゃない。確実に殺し合っている。

「部下にリリテアを襲わせたのか！」

気づけば俺はシャルディナに詰め寄っていた。

「違うったら。あの子が勝手にやってることよ」

シャルディナは噛《か》みつき返すような顔で微笑《ほほえ》む。

「シャルが朔也《さくや》を訪ねたみたいに、あの子も夜のデートに誘い出したんでしょう。アルトラ、よっぽどあなたの助手のことが気に入ったのね。壊しちゃいたいくらいに」

油断していた。

思い込んでいた。いつも狙われるのは俺なのだと。

危険を背負い込むのは自分なんだと。

「怒った？」

「怒ってない！」

「怒ったんだ。助手のこととなると顔色が変わるのね」

シャルディナの挑発を無視して俺は東館へ駆け出した。

東館の場合、屋上へ出るには玄関ホールの古びたエレベーターに乗る必要がある。

焦る気持ちを抑えながらエレベーターが降りてくるのを待っていると、ラウンジの方から誰かがやって来た。

「あれー？　朔也、こんな時間にどーしたの？」

ベルカだ。

その手に赤いビニールシートを抱えている。

なんのためにどこからそんなものを——なんて考えている暇はない。

「実は今屋上で大変なことが……いや違う……えっと、何から話せばいいか……」

本当にどこから話すべきか迷う。

「よく分からないけどちょうどいいや。よかったら朔也も手伝ってよ。これから実験するんだー」

持っていた赤いビニールシートをひょいと掲げてベルカが微笑《ほほえ》む。

「先生に言いつけられてさ」

「手伝うって……」

なんのことかよく分からず、返事に窮しているとエレベーターの扉が開いた。

「すまん！　今ちょっと忙しいんだ！　手伝いならそっちに頼んでみてくれ！」

「は？　何でシャルが！」

エレベーターに乗り込み、屋上のボタンを連打する。

飛び乗ったエレベーターの扉が閉まる瞬間、ベルカとシャルディナが気まずそうに見つめ合っている様子が見えた。

□

分かっている。リリテアは強い。

彼女の身につけている戦闘技術は並ではない。俺が一ダース集まったって敵《かな》わないだろう。


だからいつもはこんなふうに心配したりしない。

それでも今回ばかりは相手が相手だ。

大富豪怪盗《セレブリティ》からの信頼厚き部下。殺気纏《まと》うアルトラを相手取れば、結果はどうなるか分からない。

ヘタをすると最悪の事態に――。

エレベーターが屋上に到着した。

「テメェ！　おいコラァ！　放せ！　この……！」

そして――そこではすでに決着がついていた。

「そのご要望にはお応え出来かねます」

リリテアがその太ももを使ってアルトラの首を絞め上げ、同時に相手の片腕の関節も極《き》めていた。素人目には何がどうなっているのかちっとも分からない。とにかく、前衛的な知恵の輪みたいに完璧にロックしていることだけは分かった。

「あーあ、なっさけな」

目の前の光景に見入っていると突然真横から声がして驚いた。

見るとそこにはシャルディナのもう一人のお付きのカルミナが立っていた。

「アルトラー、アンタが完璧に勝利するとこ見せてやるって言うから眠い目を擦《こす》ってついてきてあげたのに何よそのザマはー。そんな絞め上げられて血圧でも測ってもらってるわけー？」

「う、うるせ……！　今から逆転すんだよ！」

「私は助けてあげないからね。失神するなら一人でどーぞ」

彼女はアルトラに辛辣な激励を送った後、冷たい目でチラッと俺を見てクスッと笑った。

「お、おいリリテアちゃんよー！　こ……こんなもんすぐに外して……すぐにテメェの両耳引きちぎって！　今後どんな耳寄りな噂話《うわさばなし》だろうと二度と小耳に挟めねーようにしてやるよぉ！」

アルトラは見事に身動きを封じられ、苦しげに毒を吐くことしかできない。

「リリテア！」

壮絶すぎてちょっと気圧《けお》されたけれど、俺は二人の元へ駆け寄った。

「朔也《さくや》…………あ」

リリテアは俺の姿に気づくとアルトラを封じていた足をパッと離し、慌てて捲《まく》れ上がっていたスカートを整えた。

「あの……朔也様、これには深い理由《わけ》が」

「無事なのか!?　怪我《けが》は!?」

「う……うん。ない」

「そうかあ……」

思わず力が抜けた。

俺が駆けつけるまでもなく、撃退してしまうなんて、本当に、流石《さすが》だ。

「テメェ……絞め技も隠してやがったのか。マジシャンかテメーは」

アルトラがゆらりと立ち上がり、ゆっくりと首を回す。

「リリテア、襲われたのか？」

「勝手に部屋を抜け出してしまい、申し訳ありません。先ほど、あの者が朔也《さくや》様の部屋を襲撃しようとしているところを目撃して――」

「にはは。その坊やが本当に不死身かどうか確かめてみたくてよー。お嬢には内緒でつまみ食いしちゃおうかなって寸法さ。そしたらリリテアが目ざとく気づいて邪魔しやがるかさー呪う～」

「俺を狙って？」

「それを阻止するためやむを得ず戦闘となったのです」

「怒んなよ探偵。あたしが誘ったんだ。どうせなら邪魔の入らないトコで思いっきしブッKill《キ》ってやりたかったからな」

「……そういうことだったのか」

俺がアトリエに行っている間、リリテアは俺を守るためにアルトラと――。

「ってわけだリリテア。続き、もちろんやるよな？」

「待て。もう決着はついてただろう」

「は？　どこが？　あたしはこの通りまだ生きてるぜ？　今すぐ医者に診せたってオールクリア。健康そのものだぜ。決着なんて言葉はな、どっちかの脳髄がアスファルトにぶちまけられた時に使うもんだぜ探偵！」

「そうか。でもシャルがすぐに下に降りて来いって行ってたぞ」

「え」

「勝手な行動をした子にはキツいお仕置き、だってさ」

「う……嘘《うそ》だ！　テメー！　立て付けの悪い嘘つくんじゃねー！　お嬢がそんな簡単にお仕置きなんてするわけないんだよ！　そんな……」

これはもちろんハッタリだったけれど、効果はテキメン。主人の名を出すと凶暴なアルトラは見事に大人しくなった。

「あとさ、お前の主人は今、下で何か仕事を手伝ってるみたいだぞ。早く行って手伝ってあげたら？」

「何ー!?　それを先に言えー！　おいカルミナ行くぞ！　お嬢〜！」

「ちょ、ちょっと引っ張らないでよ！」

アルトラはカルミナの手を引くと慌ててエレベーターに乗り込み、階下へ行ってしまった。本当に元気だ。

なんとか矛を収めてくれて助かった。

「リリテア、俺達《たち》も戻ろう。俺は俺で色々収穫というか、話しておきたいことが……ん？」

「どうされましたか？」

「リリテア、スカートに何かついてる。ちょっとごめん」

話の途中だったけれど、どうしても気になって俺はそれを摘《つま》み上げた。正体はすぐに分かった。

「花……の、びらだ」

「……その言い方、なんだか嫌です」

リリテアが冷たい眼差《まなざ》しを向けてくる。けれど俺には今、その視線よりもさらに気になることがあった。

「そう言えばこれ……えっと、確かここに……」

空いている方の手で自分の服のポケットを漁《あさ》ると、中からもう一枚、別の花弁が出てきた。

同じ形と同じ色。そして同じ香りの花だ。

「リリテアについていたのと、俺の持っていたのと……おそろい」

「そういう話じゃないでしょ」

怒られた。

「これ、館の一階廊下で拾ったんだっけ。ルゥが襲われたってゆりうちゃんが騒いで、みんなでルゥの部屋に向かおうとした時だ」

なんとなく気になってポケットにしまっておいたのを今の今まで忘れていた。

「でもなんでリリテアのスカートにも同じ花弁が？」

「それでしたら、きっとあちらに咲いているラベンダーの花だと思います」

小さな屋上庭園があって、そこで花が育てられていた。

「ああ、西館の屋上から見えた花はあれか！」

「アルテアの攻撃を避けている最中、少しお花をかすめてしまったのかもしれません。育てていらしたルシオッラ様には申し訳ないことを致しました」

今はまだ夜で、強い風に弄ばれているせいでその美しさを堪能するには至らなかったけれど、立派な咲きっぷりだ。

ルシオッラの部屋に招かれて廊下を通った時、こんな花弁は見当たらなかった。

小さな物だから見落とした可能性もなくはないけれど、この青い花はそれなりに目立つ。落ちていれば誰かは――特にフィドなら気づいただろう。

となると、花は俺達が外へ出ている間に廊下に落ちた事になる。

「リリテア、館や島の周辺で他にラベンダーを見かけた？」

「いいえ」

「ここにしか咲いていないなら……俺達《たち》がハービーさんを探して外へ出ていたあの時、誰かがこっそりこの屋上へ上がっていたってことにならないか？」

そしてリリテアのようにそのラベンダーの花に触れるか何かして服に付着した。そして気づかないうちに花弁を一階まで持ち帰ってしまった。

「外へ出ていた時、嵐の強い風で飛ばされた花弁がどなたかのお洋服に付着したという可能性も考えられますよ」

「可能性の有無で言えばね。でも、それってとんでもない低確率じゃないか？　それなら誰かが島に来る前からたまたまラベンダーの花をどこかに隠しもってて、それを偶然落とした——なんて推理も成り立っちゃうよ」

こちらの反論にリリテアはとりあえず納得したらしかった。

ん……？

「あれ？　そういえばハービーさんを探してた時間って確か……」

「ドミトリ氏が殺害されたタイミングとピッタリ重なりますね。つまり……」

「花弁を持ち帰ったのはドミトリ殺しの犯人である可能性が高い！」

「ですねっ」

珍しくリリテアの声が弾む。

「だな！」

細い糸が繋《つな》がったことで、俺達は思わずお互いの両方の掌《てのひら》を合わせて喜び合った。

そしてその糸を離さないように慎重にアリバイについて考えた。

ドミトリを殺し、花弁を持ち帰れたのは誰だ？

やっぱりハービーの捜索に加わらなかった人物？

いや、そうとも言えないぞ。

そうだ。ハービー捜索の時、ベルカ、ライル、ウルスナさんのチームは少しの間だったけどお互いに逸《はぐ》れてしまったと言っていた。

より厳密にアリバイを考察するならその点も気にしておく必要がある。

「あの時館に残っていたのは……ルゥとカティアさん、それからイヴァンさんとドミトリ君……か」

ルシオッラは、あの足で西館の三階まで行くのは難しいだろう。

東館にはエレベーターが設置されていて屋上にも上がることはできただろうけど、西館にはエレベーターはない。その上、一部階段の老朽化のせいで上階へ行くのにかなりの遠回りを強いられる。

義足を使えば最低限歩くことくらいはできたみたいだけど、それでも限られた時間の中で西館三階まで登ってドミトリを殺害し、その前後に東館の屋上にも立ち寄る——なんてことは現実的に考えて無理だ。

殺されてしまったドミトリとイヴァンは除外するとして——カティアはドミトリの遺体の第一発見者として西館三階まで実際に行っている。

もちろん両足とも健康そうだ。

今のところ条件的には彼女が最も怪しい。でも、第一発見者というのは他に犯人の目星がつかない時、最初に疑われてしまうものだ。実際、俺もそれで怪しいと感じている。

カティアが犯人だとするなら、どうしてわざわざ第一発見者を装って俺達《たち》に知らせてきたりしたんだろう？

それから気になると言えば——。

「ですが、犯人はなんのためにこんな場所へ来る必要があったのでしょう？」

そう考えた時、全く同じタイミングでリリテアも口を開いた。

「俺もまさにそれを考えてた。ドミトリ君を殺害するタイミングはわずかの間だった。犯人は一秒も時間を無駄にはできなかったはずなんだ。わざわざ東館の屋上に立ち寄ったのはなんでだ？」

俺は自分の考えを口に出して整理しながら、屋上を横断する形で端から端まで大股で歩いた。

犯人は一体何のためにこんな場所へ来ていたのか。

分かりやすいところで言えば、人目につかない屋上に凶器を隠していたとか？

でも今のところ妙なものは見当たらない。

「あの時間帯はまだ雨も強かったでしょうに」

「それでも犯人はここへ来なきゃならなかった」

十五歩ほどで端に到達した。濡《ぬ》れた鉄柵が腰に当たる。目の前には二メートルほどの緩やかな屋根が延びていて、その向こうには同じ作りの西館が見える。

「こっちの方が近道だったからだ」

俺は鉄柵を両手で握ったまま、向こう側をじっと見つめた。

「朔也《さくや》様、それは……」

「リリテア、東館《こっち》から西館《あっち》まで、中庭を挟んで何メートルくらいあると思う？」

突然振られて、リリテアは少し戸惑いながら俺の隣に立って目測で距離を測った。

「五……いえ、六メートル強と言ったところでしょうか」

「俺もそれくらいだと思う」

少し身を乗り出して体重をかけると、握った柵が老人の歯みたいにグラグラ揺れた。

やっぱりそうか――。

西館の鉄柵はこちら以上に老朽化が進んでいて、すでに所々歯抜けになっている。そして、俺の立つ場所の直線上にあたる部分も柵が抜け落ちている。

確信を持って力を込めると、手元の鉄柵の一部は容易《たやす》く床から抜けた。

俺は抜けた柵を隣の柵に立てかけると、リリテアにもよく見えるように傍《そば》へ退いた。

これでこっちにも向こうにも柵はなくなった。

それによって中庭を挟んで、空中に直線の道が浮かび上がった。

「この距離、俺でも届くと思う？」

「跳んだ、と仰《おつしや》るのですか？　犯人は、こちらからあちらへ、屋上から屋上へジャンプ《跳躍》したと」

「犯人が屋上を経由する理由は他にはないと思う。そして理論上、六メートルは決して人が跳べない距離じゃない」

「ですが視界の悪い夜、それも嵐の中です。そして朔也《さくや》様の学校での走幅跳の記録は五メートル一センチです」

「う……」

どうして俺の公式記録を知っているんだ。

「確かに嵐は厄介だ。恵まれた環境だったとは言えない。でも逆に、だからこそアドバンテージにもなったんじゃないかな」

「なぜそれが……あ」

さらに言い募ろうとしたリリテアの目の前を、植物の葉が飛んで行った。

中庭の木の葉っぱだ。強い風に攫《さら》われ、暗い夜空へと運ばれて行く。

「風を利用したというのですね？」

「そう。ドミトリ君の死体を隠蔽した時と一緒だ。犯人はここでも嵐の強風を活用した」

西館と東館に挟まれた狭い中庭を、今も激しく風が吹き抜けている。それは時折方向を変えて下から上方へと吹き上げていた。

「加えて風向きが追い風になる瞬間を待って跳べば、普通に跳ぶよりもかなり距離が稼げるんじゃないか？」

「犯人は屋上を行き来して犯行を成し遂げた……と」

「この経路でなら可能だ。それにほら、おあつらえ向きにこっちとあっち、それぞれの屋上に柔らかい土が敷かれている。多少無茶《むちゃ》な跳び方をしても、着地の時に最低限のクッション代わりになる。犯人はそう考えたんじゃないかな」

そして向こうからこっちに戻るためにジャンプし、こっちの畑に着地した時、犯人の体がラベンダーの花に触れて花弁が体についてしまった。犯人はそれに気づかないまま一階へ戻り、そこで花弁が廊下の床に落ちた。

その時点で、もうリリテアからの反論はなくなっていた。

「問題は、誰がそんなことをできたか――だけど」

「ライルさんなら運動神経次第じゃ一番可能性があるな」

やっぱりあの人が全ての犯人なんだろうか？

「イヴァンさんはどうだろう？」

「あの方は被害者ですよ？」

「でも死体はまだ見つかってない。自分の死を偽装してどこかに隠れている可能性もゼロじゃない」

「それはそうですが、しかしイヴァン様は足を痛めておいででした」

「あ、そうだった。いつもステッキを持ってたな」

大体、年齢的にも流石《さすが》に無理があるか。

「あとはカティアさんだけど……彼女にこの距離を跳べるかな？」

「女性でも陸上競技の経験者であれば可能だと思います」

「そうか」

陸上経験者なら……。

「あ！　それならウルスナさんもそうだ！」

彼女は陸上経験者どころか、幅跳びのオリンピック代表選手だ。世界トップレベルの女子走幅跳の記録は七メートルを優に超える。

「西館へ跳び移ることが可能か否かだけで考えるなら、ライル様、カティア様、そしてウルスナ様が候補にあがりますね。ですが……」

「ああ、これはあくまでアリバイの有無を考慮しない場合の話だ。改めて落ち着いて一人一人の行動を洗い出したいところだけど……」

「いいえ朔也《さくや》様。ここを飛び移るだけなら私にも可能だと思います」

思わぬ進言に俺は思わず固まってしまった。

「そりゃリリテアの身体能力なら……」

「今からあちらへ飛び移ってみせましょうか？」

「えっ。いやそこまでしなくても」

「……やっぱりやめておきます」

自分から言い出したことなのに、リリテアはすぐに発言を撤回した。彼女にしては珍しいことだ。

「急にどうしたんだ？」

気になって尋ねてみると、キュッと自分のスカートを手で押さえる仕草を見せた。

「その…………風……。スカート……だから」

「あ……」

察した。

その上で俺はリリテアの肩に手を添え、言った。

「リリテア、跳んでみよう。勇気を出してごらん」

「跳びません。そんな夢追い人みたいな澄んだ目で何を言っているんですか」

断られた。ま、そりゃそうだ。

「冗談だよ。どの道リリテアを疑う選択肢は俺の中にないんだから。だけど自分も容疑者候補に挙げるなんて、リリテアも真面目だなあ」

「私を疑わないのですか？」

「助手のことは最初から最後まで信じる。それが探偵だ」

「そ」

そ——って。結構いいこと言ったのに素っ気ないな。

と思ったら、リリテアが両手で口元を隠している。隠しているつもりなんだろうけれど、口元が綻んでいるのが丸見えだ。

結構喜んでもらえたみたいで何よりだ。

っと、そろそろ体が冷えてきた。

ここは一旦切り上げだ。

「……俺達《たち》も下へ降りよう。ベルカ達が下で何かを始めようとしていたしな。あ、だけどその前にライルを捕まえて恨み言を言ってやらないと」

彼のことも野放しにはしておけない。

「恨み言？　何かあったのですか？」

「離れにあるアトリエで彼に殺された」

「それは……つまり、彼が犯人だということですか？」

「限りなく有罪《クロ》に近いだろうな。だけど正直まだ分からない」

「そうですか。ところで朔也《さくや》様、私の知らないうちにそんなところへ……」

あ……リリテアの唇が尖《とが》っていく。

「く、詳しいことは下へ降りながら話すから！」

事件の解明——ライルの狙い——シャルディナとアルトラの動き——リリテアの気持ち。

今夜は気を配らなきゃならないことが多すぎる。

「聞きましょう。それにしても——」

「うん？」

「また殺されてしまったのですね、朔也様」

□

俺とリリテアはエレベーターで二階へ降りると、急ぎ足でライルの部屋を訪ねた。

彼はアトリエで完璧に俺を始末したと思っているはずだから、今は安心して部屋に戻っているはずだ。

そして手に入れたエリゼオの日誌を読み込んで、彼が求めているというシーアレイツの研究資料について情報を探しているだろう。

「シーアレイツ……。ソ連で開発されていた秘薬ですか……」

俺から聞かされた話に、リリテアも驚きを隠せない様子だ。

「簡単には信じられないと思う。俺だってまだ御伽噺《おとぎばなし》を聞かされたような気分だよ。でも、それを求めて動いている人間がいた。それがライルさんだ」

そして実際に俺は殺された。

この恨みはなかなか深いぞ。

俺はわざと大きな音を立ててドアをノックした。

文字通り、枕元に立つような気持ちで彼と面会するつもりだった。

ライルは殺しの術にある程度長《た》けていたようだけれど、リリテアが同行してくれていれば安心だ。自分で言ってて情けないけれど。

まずは彼を拘束して、それから一切合切の事情を聞き出す。

ノックノック——。

「ライルさん……?」

けれどいくら待っても中から返事はなかった。

俺達《たち》は無言で顔を見合わせた。

「えぇ……まさか、寝ちゃってるのか？　熟睡？　俺のことを殺した直後で？」

そこまで神経が太いのか？　もしそうならある意味尊敬に値するぞ。

「お下がりください」

なんて考えていると、突然リリテアが短い助走とともにドアを蹴破ってしまった。

「ちょ、ちょっとリリテア。流石《さすが》に荒っぽくない？」

「いいえ朔也《さくや》様。匂いがしたのです」

「匂い……？　あ！」

言われて俺も気づいた。

これは、血の匂いだ。

部屋の中に立ち入ると一層その香りが濃くなった。

「そんな………」

床に男が倒れている。

ライルだ。

リリテアは即座にライルの体を検《あらた》めたが、すぐに首を振った。

死んでいる。

ライル・ザヴァッティニと名乗っていた男が、口から大量の黒い血を吐いて絶命していた。

「この吐血、それにひどく喉を掻《か》きむしった跡。死因は毒物のようです」

そして死体の傍《そば》の床を指す。そこには割れたグラスが転がっていた。

テーブルの上にはコルクの外されたワインボトルが一本。ウルスナさんが提供したものだろう。中身は三分の一ほど残っている。

そのワインボトルの下に小さなメモ用紙が挟んであった。

「これは……」

確認してみると、そこにはこう書かれてあった。

——愛する妻へ。僕は先に行くよ。息子のいない静寂の世界に耐えられそうもないから。

カティア、すまない。


「遺書ですね」

「そう……だな」

確かにそれは遺書以外の何物でもない内容だった。

息子、ドミトリを亡くして絶望した父親がその後を追って自殺。

いかにもありそうな理由。

でも――。

「でもこれは偽物だよ」

今の俺にはそう断言できる。

後追い自殺。

なるほど、確かにありそうなことだ。

きっとこの偽装を施した犯人は家族想《おも》いの男が世をはかなんで自殺したように思わせたかったんだろう。

だけどそれはライルが表の顔の通りの善良な男だと思っている相手にしか機能しない。

宝石商のライルならそれもあり得るだろうけど、トレジャーハンターを名乗り、俺の首を容赦無く折った彼は自殺なんて絶対しない。少なくとも、今このタイミングでは。

彼は自殺なんてしない。そのことを直接彼に殺された俺だけは知っている。

「ライルの筆跡まではこの場では調べられないけど、きっとこれは別の誰かが書いたものだと思う。ちょうどハービーさんの時にルゥがそうしたみたいにね」

「朔也《さくや》様がそう思われるのであれば、そうなのでしょう」

リリテアは俺の見方を一切否定しない。

「では何者かによって毒殺されたということになりますね」

そう。そうだ。

ライルはドミトリやイヴァン殺害について、あれは別の誰かがやったことだと言っていた。

それじゃ一体誰に……？

ライルは殺された。


ライルはその真犯人に殺されたのか？

「おそらくボトルの中身に毒が混ぜられていたのでしょう」

「……そうだ、日誌は!?」

ライルが奪い去った日誌はどこだ？

混乱の中、それでも俺は気持ちを落ち着けて部屋の様子を調べて回った。

でもとうとう見つからなかった。

「見当たらない……」

「朔也《さくや》様がアトリエで発見したと仰《おっしゃ》っていたエリゼオ氏の日誌ですか？」

この部屋へ向かう途中に、リリテアとはあらかたの経緯を共有済みだ。

「ライル氏を殺した人物の目的は、彼から日誌を奪うことだったということでしょうか？」

ライルの他にもあの日誌を——いや、秘薬を探している誰かがいる。

「その誰かはライルが日誌を手に入れ、秘薬の秘密に近づいたことをいち早く知った。そこで毒を盛って彼を殺害し、日誌を奪い取った……そんなところか。ということは……あの日誌こそが一連の殺人の動機……？」

独り言のように言いながら、俺はなんとなく日誌を探していた名残でそのまま部屋を見回していた。

でももう他に手掛かりになりそうなものは何も発見できなかった。

「埒《らち》が明かないな……。リリテア、もう行こう。下でベルカ達《たち》と……」

「朔也様」

と、諦めて部屋を出ようとした時、リリテアが俺を呼び止めた。

「うん？」

振り向くと彼女はライルの傍《そば》に立っていて、こう提案してきた。

「まだ希望はあります。この方を蘇《よみがえ》らせましょう」

□

エレベーターが一階に到着すると、物々しい音を立てて扉が開いた。

「あ！　来た来た！　先生、サクヤ達が戻ってきたよ！」

扉では登った時と同じようにベルカが待っていた。

隣にはカティアも揃《そろ》っている。

「ベルカ、さっきはごめん。どうしても緊急で」

「いいんだよ。もうすっかり準備万端だから！」

「いや、それなんだけど俺達《たち》も色々伝えたいことが……」

俺としてはライルの部屋で見てきたことも含めてすぐにでも情報を共有したかったけれど、ベルカはその間を与えてはくれなかった。

「うんうん。お互い様！　順番順番！」

「ちょっとなんなのよ……こっちはようやく寝付けたところだったのにさ……」

カティアは眠そうにあくびを噛《か》み殺《ころ》している。

「ほら、皆こっちこっち！」

深夜のホールにベルカの元気のいい声が響く。

と、そんなベルカの声を聞きつけたのか、廊下の奥からウルスナさんが姿を現した。

「皆さん、こんな時間に一体何の騒ぎですか……？」

彼女の部屋は玄関ホールから近い位置にあるようだ。

スマホの時計は五時五分を表示していた。

「あ、起こしちゃいましたか。すみません。ちょっと色々起こり過ぎて……て」

と、弁解しながら彼女の格好を目にして俺は思わず言葉を詰まらせてしまった。

意外。ウルスナさんの寝巻きは恐ろしいほど薄い布地のネグリジェだ。

一応上着を羽織っているけれど、かなり目に毒だ。でも本人はその破壊力に気づいていない。

「ちょうどいい。ウルスナさんも一緒にどう？」

そんな姿を見てもベルカは特に気にする様子もなく、それどころかウルスナさんにも声を掛けた。

「一緒にって……？」

「ベルカ、一体何をするつもりなんだ？」

「何ってサクヤ、本気で聞いてるの？」

ベルカはその場で腕を組んで盛大に胸を張る。

「ボクら探偵がすることなんて一つ！　推理さ！」

八章　賢いゆりうを今後ともよろしくお願いします

ベルカに連れてこられたのは、１１１号室――つまりイヴァンの部屋だった。

「やっと来たか」

フィドはすでに部屋の中央に陣取っていた。

窓際にはカルミナとアルトラの二人が立っている。

「それで、わざわざ皆を集めて何をするつもり？」

無理矢理《むりやり》連れてこられたカティアはかなり不機嫌そうだ。

「さて！　英国が誇る探偵犬の推理をご覧あれ！」

急ぎ足でフィドの隣に立つと、ベルカは大袈裟《おおげさ》な物言いをした。

「探偵犬……？　そのワンちゃんが、ですか……？」

ウルスナさんは舞台の真ん中にいるフィドを見て戸惑いを隠せない様子だ。

「黙っていたんですけど、フィドは探偵なんですよ」

俺は改めてフィドのことを紹介した。

「はあ……」

流石《さすが》にウルスナさんは事実を飲み込み切れてはいないようだった。

「フィド、何を始めるつもりかは分からないけど、先に聞いておいてくれ。ライルのことなんだけど……」

紹介がすむと、俺はそっとフィドにだけ自分が見聞きし、体験したことを伝えた。

それを聞いてフィドは耳をピクッと動かしたが、それ以上の大きな反応は見せなかった。

「ちょっと、揃《そろ》ったなら早くしなさい」

本当はアトリエで見つけた日誌のことなど、細かいことも共有しておきたかったのだけれど、それはシャルディナによって阻まれてしまった。

「のんびりしていていいのかしら？」

シャルディナは部屋の隅でベルカと並んで立っていた。

「さっきシャルに手伝わせた成果を後回しにするつもり？」

「いや……だけど」

あ、ヘソを曲げている。

「分かったよ。だけど、他の皆は？」

その場にはゆりうとルシオッラの姿がない。

「今何時だと思ってるの？　普通は寝てる時間なの。シャルも本当は眠いのに付き合ってあげてるの。お分かり《アンダスタンド》？」

自分は真夜中に俺の部屋を訪ねてきた癖によく言う。

「分かったから駄々《だだ》をこねるな小娘。さっさと講義を始めるぞ。小僧、お前の話はそれから聞いてやるよ」

フィドは過敏になっている俺を宥《なだ》めるようにそう言った。確かに、各々がしっかり鍵を掛けて自分の部屋にこもっているなら、無理に起こしてこの場に集める必要はないのかもしれない。

「何か分かったのか？」

「まあな。多分これではっきりする。すり替えられた月の謎ってやつがな」

「月の謎？」

俺は思わず部屋の丸窓を見た。

そこには夜空に浮かぶ緑色の満月が描かれている。

「303号室で殺されたイヴァンがなぜあっという間に姿を消したのか。その方法を説明しようって話だ」

「それなら現場の303号室に行ったほうがいいんじゃないか？」

「いいや。ここでいいんだ。現場はここだったんだからな」

「え？」

「イヴァンは303号室になんて行ってない。最初からずっとこの111号室にいたんだよ。あの電話の最中も、襲われた時にもな」

「だけどよーワンコ君さー」

不意に窓際のアルトラが横柄に口を開いた。

「あん時、殺されたそのジジイは月がないって言ってたんだろ？」

「そうよ。でも、この部屋の絵にはしっかり満月が描かれているわ。全然違うわね。それとも殺す瞬間にだけ壁の絵を入れ替えたとでも言うのかしら？」

続いてカルミナも口を開く。彼女らもまだ真相を聞かされてはいないらしい。

「絵を入れ替えた？　フン。それじゃ結局一階と三階、二つの部屋を大急ぎで行き来しなきゃならんだろうが。そんな時間はなかったぜ。よく考えな、口の減らない小娘ども《チアリーダー》」

危険な彼女に対してもフィドはいつもの調子を崩さない。

「そんなことをする必要はないんだよ。要はあの瞬間、イヴァンの視界から月を隠すことができればよかったんだ」

月を隠す？

「つまり、補色を利用したのですね」

最初に答えに到達したのはリリテアだった。

それを聞いてフィドは満足げに頷《うなず》く。

「そういうことだリリテア。あとで俺の背中を撫《な》でさせてやろう」

それはフィドでしか成立しないジョークだったけれど、人によっては確かにご褒美になるかもしれない。

「今からそれを実演する。見てな」

そう言ってからフィドがベルカに向かって小さく吠《ほ》えた。

それを合図にベルカがそそくさと丸窓の脇へ歩み出る。

「待ってました！……ほら出番だよシャルディナ！　練習通りに！」

「え？　う、うん！」

強引に引っ張られてシャルディナも出てきた。

ベルカはホットパンツのポケットから小さく折り畳まれた何かを取り出した。

それをパッと広げる。

ハンカチか何かかと思ったら、それは直径一メートル程度の透明な、赤いビニールシートだった。

二人は丸窓を挟む形で立つと、協力してそのシートをガラスの前で広げた。

さっきベルカが手伝ってくれと言っていたのはこれのことだったのか。

「じゃーん！　ほら、シャルディナ！　笑顔笑顔！」

「じゃーん」

なぜかシャルディナも結構ノっている。

「シャルお嬢様！　お可愛《かわい》い！」

興奮しているカルミナはさておき、目の前に浮かび上がった光景を目にして俺はようやく全てを理解した。

「消えた!」

なるほど、確かに消えている。

描かれていた満月の部分だけが、赤いビニールシートによってかき消えている。

残ったのは一面の黒い空だけ。

真っ暗な新月。

「これがイヴァンの見た絵だ」

緑のものは赤いフィルターを通すと黒く見える。テスト勉強の時に使った赤いシートのような要領だ。

「これ、二人で協力して丸く切ったんだよね。シャルディナがぶきっちょでさー」

「黙りなさい! 何やらされてるのか全然分からなかったけど、でも、あは! 理解したわ! 犯人はこうして窓の形とぴったり同じようにまあるく切り取ったビニールシートをガラスに貼り付けて、元の絵を別の絵のように見せかけたのね!」

シャルディナは自分で広げたビニールシート越しに絵を眺めて、その見え方の変化に感心している。

「303号室でイヴァンが消えた後、俺はどうもこの111号室の方が気になってな。じつくり調べてみた。そう！　そしたらね！　そこの丸窓の端っこにセロハンテープの切れ端が残ってるのを見つけたんだよ！　それで先生は、犯人がここに何かを貼り付けてたんじゃないかって推理して、後はもうあっという間さ！　流石《さすが》先生！」

ベルカは助手としてどこまでも誇らしげだ。当のフィドはそんなことはどうでもいいとばかりに話を続ける。

「イヴァンはこう言っていた。月がない、真っ黒だ――と。それで。もしかすると犯人は色を利用したトリックを使ったんじゃないかと踏んだのさ」

「そうか……こうすることで月の絵を様変わりさせて、イヴァンさんに全く別の部屋にいるように錯覚させたのか」

「錯覚させたのはイヴァンだけじゃない。犯人は３０３号室と１１１号室、双方で同じ歌を流し、それをわざと内線越しに俺達《たち》に聞かせることで、俺達も犯行現場を３０３号室だと思い込ませたんだ」

大した手の込みようだぜとフィドはわずかに牙を見せた。

「そうか……それなら…………いや、だとしたら……」

だとすれば……。

「朔也《さくや》様？　どうされましたか？」

「いや……」

まさかな……。

「歌はもう一本別のカセットテープにダビングすればいい。ラジカセも少し探せば他の部屋にもあるだろう。犯行後に回収して111号室から持ち出せばその点の証拠は消せる」

だが、今そっちのことはいいんだとフィドは言い、こう続けた。

「主題は月の方だ。補色トリックの実証のために使えそうなアイテムを探す中で、俺はビニールシートのことを思い出した」

「ビニール……？」

そう言えばそもそもどうして急にそんな物が登場したんだろう？

「ウルスナがポケットに入れていただろう」

「ウルスナさんの……？　あ！」

思い出した。最初に部屋を案内してもらった時に彼女が落としたあれか。

ルシオッラの誕生日の飾り付けのために内緒で用意したと言っていた――。

その情報が出た瞬間、全員が一斉にウルスナさんの方を見た。彼女は明らかに狼狽《ろうばい》した様子を見せている。

「それで悪いとは思ったが、あんたが留守の間にちょいと部屋を漁《あさ》らせてもらったよ。それで机の引き出しからビニールシートを拝借してきた。赤いやつを、な」

「そ、そんな……！」

女性の部屋を勝手に漁るなんてかなり外聞が悪い。ウルスナさんは不満の声を上げかけて、やめた。相手が犬なので怒っていいものかどうか迷っているらしい。

「申し訳ないとは思ってるよ。犬の頭でよけりゃ後でいくらでも下げる。ところで、あの時は小僧が年上の女に翻弄されているだけのくだらん光景だったが、一応なんでも見ておくもんだ。なあ小僧？」

「お、俺は翻弄なんてされてないけど？」

「されたんだ」

と、リリテアが小声で囁《ささや》いてくる。誤解だってば。

そこで脱線しかけた話を元に戻すみたいにベルカが声を上げた。

「分かった！　つまり最終的に先生はこう言いたいんだよね？」

自信ありげな助手に対してフィドは「ほう？　分かるのか？」と目を細める。

「分かるよ！　なら言ってみろ。だから、色付きのビニールを使ったトリック……それができたのはウルスナさんだった！　でしょ？」

「…………え？」

一瞬の静寂の後、ウルスナさんが弱々しく吐息を漏らした。

「あんただったの!?　あんたがお義父様《とうさま》を……」

怒りをあらわにするカティア。

「ち、違います！　私は知りません！　やってません！」

　ウルスナさんは咄嗟《とっさ》に強く否定の意志を見せた。

「イヴァンさんからの内線が掛かってきた時、あなたはラウンジにはいなかった。内線が掛かってくる直前にコーヒーを淹《い》れてくるって言って部屋を出て行ったよね？」

「そうだったかもしれませんが……でもあれは偶然で……！」

「あの時にすぐにこの111号室へ向かってイヴァンを襲って、大急ぎでラウンジに戻ってくれれば、犯行は可能だったんじゃないかな？　ワゴンに乗せたコーヒーは最初からキッチンに用意しておけばいい」

　確かにアリバイの有無だけで言えばそうかもしれない。

「仮に犯行現場が三階の303号室だったら流石《さすが》に距離的に無理だったと思う。でも実際の犯行現場はこの111号室だった。ボク達《たち》に犯行現場を誤認させることで容疑者から外れようとしたんだ」

　まだあるよ、とベルカは言葉を繋《つな》ぐ。

「給仕という立場のウルスナさんなら、イヴァンさんの酒に睡眠薬を混ぜるのも簡単だったんじゃないかな？　新しいお酒を運んで来たとか理由をつけて差し出す——とかね。それでイヴァンさんを眠らせた後に丸窓にフィルターを仕掛けた！」

「違います！　全部見当違いな妄想です！　ひどいわベルカちゃん！　あなたは優しい子

だと思っていたのに！」

矢継ぎ早の追及に、ウルスナさんがとうとう感情を爆発させた。

「え？　ご、ごめ……」

その勢いにベルカは易々《やすやす》と気圧《けお》されていた。あからさまにシュンとなっている。

「その……ボクも憎くてやってるんじゃないんだよ。ごめん。ごめんね？　推理、続けるね？」

推理はしっかり続けるらしい。

ベルカは壁際の空の本棚へ歩み寄ると、その足元を指差した。

「さっき観察してて気づいたんだ。ほら、ここに動かした形跡がある」

確かに、床にわずかだが古い跡が見て取れた。家具を長年同じ場所に設置していると、その箇所には日焼けのような跡が残るものだ。

「イヴァンさんを眠らせている間に、可能な限り家具の配置を変えたんだ。もちろん、目を覚ましたイヴァンさんに、まったく別の部屋に連れてこられたように錯覚させるためにね。ウルスナさんは背も高いし働き者で、女性にしては力も強そうに見える。空っぽの棚くらいなら楽に動かせただろうし、すぐに元の場所に戻せたはずだよ」

「目を覚ました直後の、まだ意識が朦朧《もうろう》としているイヴァンなら騙《だま》せると考えて？」

「サクヤの言う通り。消えた月と、様変わりした家具の配置。その二つの要因で、あの時イヴァンさんは自分の部屋を全く別の部屋だと勘違いしていたんだよ」

ベルカの推理には珍しく一つ一つに根拠があって、ある程度は筋も通っているように聞こえる。

「だけど、303号室で流れていた歌は？　いつラジカセのスイッチを押しに行ったんだ？」

「そうね。同じ階の111号室なら短い時間でも犯行は可能だったかも知れない。だけど結局自分でスイッチを押しに三階まで行かなきゃいけないんじゃないの？　ウルスナにそんな時間はなかったわよね？」

どうなのよとシャルディナがベルカに詰め寄る。

「えっと、えっと……それは……」

「ほら、犬の助手、説明なさい」

人にも犬にも説明を求める態度じゃない。

「それは……」

「大発見ですー！」

その時、いきなり部屋のドアが開いてそこからゆりうが飛び込んできた。

「きゃあああぁぁ！」

背後を取られたシャルディナはその場で芸術的に腰を抜かした。

「お、お嬢様ぁー！」

「テメーコラ！　お嬢の背後にいきなり登場してんじゃねーぞ！　調子に乗んな！」

シャルディナは部下達《たち》に介護されながらフラフラと立ち上がる。

「な、何よ突然！　驚かせないで！」

「ごめんね！　どうしても気になって眠れなかったから。あひゃ！」

「あひゃじゃない！」

「あたし、303号室に行ってたんですよ」

「一人であの部屋に？　ゆりうちゃん、無茶《むちゃ》するなよ」

犯人がどこに潜んでいるとも知れない状況で出歩くなんて――と言いたかったが、それは俺も同じことだったので、それ以上は何も言えなかった。

と言うか、結局今夜は誰も彼もが眠らずに起きている。

「ごめんなさい。でも、何か一つでも師匠の役に立ちたくて」

「それで何を確かめたって？」

「カセットですよカセット！　よいこらしょっと」

ゆりうは手にぶら下げていたラジカセを頭上に掲げた。

「あの事件の時、犯人は一体いつカセットの再生スイッチを押したのかなあってずっと気になってたんですけど」

そう言えばしきりにラジカセを気にしていたっけ。

「でも、改めて調べてみたら簡単なことでした」

ゆりうはカセットを最初まで巻き戻してから改めて再生ボタンを押した。

反射的に皆が黙って耳をそばだてる。

けれどいつまで待っても音は聞こえてこなかった。

ゆりうは少しずつ早送りを繰り返して行った。するとテープの半分程度を回り切ったところでようやく歌が始まった。

「ほらこの通り！　このテープ、最初の二、三十分は無音で、途中から歌が入ってたんですよ！」

「なるほど。それでテープの最初から再生を始めておけばおよそ三十分後に歌が流れ始める。犯人はこれをある種のタイマー機能のように使ったんだな」

「そうです。狙ったタイミングであの部屋から歌声が響くように仕組んでたんですよ！」

「それなら犯行の直前に部屋に行く必要もないか。ゆりうちゃん、冴《さ》えてるぞ！」

「くぅぅぅん！　褒められたっ。賢いゆりうを今後ともよろしくお願いします！」

ストレートにその功績を褒めると、ゆりうはその場で飛び上がって喜び、ラジカセを落としそうになっていた。

「カセットの件、説明の手間が省けた上に、小僧の弟子が仕掛けの解説までしてくれたな。

感謝しろよベルカ」

話を聞いていたフィドが珍しく満足げに唸《うな》った。

「テープのことなら……ボ、ボクだってなんとなく見当がついてたよ！ サクヤ信じて。ホントだよー」

「分かった分かった。信じるよ」

「やったー！」

一言で機嫌が直った。簡単すぎやしないかベルカ。

「これでテープの件は解決したね！ ウルスナさんは俺達《たち》を三階へ誘導して、その間に悠々と111号室の仕掛けを消し去り、イヴァンさんの死体を運び出してどこかへ隠蔽した。どうかな？」

ゆりうの助けも借りながらではあったけれど、ベルカは自身の推理をそのように総括した。

それでもウルスナさんは首を振って自らの潔白を主張した。

「全部誤解です！ そもそも私が全ての犯人だと言うなら、ドミトリさんの一件はどうなるんですか!? あの時私は皆さんと一緒に館の外へ出ていたんですよ!?」

確かにあの時ウルスナさんは船着場へ船の様子を見に行っていた。

「館へ戻ってからはすぐにお嬢様のことで騒ぎになっていましたし……」

「だけど、怪我《けが》をしたルゥちゃんのために途中で救急箱とタオルを取りに行くと言って席を外してたよね？」

「それは……確かに部屋を離れていましたけど……せいぜい一、二分のことですよ！　私の部屋はお嬢様の部屋とそう離れていないので……」

そんなわずかな時間では犯行は不可能だとウルスナさんは言いたいんだろう。

「えっと……ドミトリ君が襲われた部屋が西館の三階だったから……ルゥの部屋から往復するとなると……う」

時間的に犯行は厳しいと理解したらしく、ベルカは言葉を詰まらせた。

「ほら、無理なんですよ！　大体私には人を殺すような理由なんて何も……」

「あの時だけ……ではありませんでしたよね？」

「……え？」

思ってもみない方向から疑問をぶつけられて、ウルスナさんは固まった。

静かに声を発したのはリリテアだった。

俺には彼女が何を言おうとしているのかすぐに分かった。

「最初に館の外へ出たタイミングです。朔也《さくや》様、ゆりう様、私の三名はハービー氏を探しに……そしてベルカ様、ウルスナ様、ライル様は船着場へ参られました」

「あの時は……」

「確かこう仰《おつしや》っていました。船着場へ向かう途中、五分程度の間三人が散り散りに逸《はぐ》れてしまったと」

「あ――」

ウルスナさんが小さく声を上げた。ほとんど同時にベルカも表情を変えた。その時のことを思い出したらしい。

「仮の話ですが、あの時わざと逸れたふりをして大急ぎで館に戻り、ドミトリ氏を殺害しに向かったということも考えられます」

「そんな！　リリテアさん！」

「あくまで仮の話でございます」

リリテアは冷静な態度でそう念を押す。

「あの時かー！」と、ベルカは天井を見上げて感心している。けれどすぐに顔を曇らせて疑問を口にした。

「でもさ、それでもあそこから西館の三階の犯行現場まで向かうのってかなり大変だよね？　確かにあの時は五分以上逸れてた気がするけど、距離的にはルゥの部屋から向かうよりももっと遠いし、間に合うかな？」

それはリリテアへ向けられた疑問だったけれど、彼女は俺にバトンを渡すような目配せをしてきた。

助手として俺に花を持たせようとでもしているんだろうか。気なんて使わなくていいのに。

「あー……それについては、ショートカットできるルートが見つかったんだ」

「え⁉　サクヤ、それホント⁉」

俺は真上を指差し、説明した。

「屋上だよ。犯人は東館の屋上から西館の屋上へと跳び移ったんだ」

それから俺はさっき屋上でリリテアと検証してたどり着いた結論を皆に聞かせた。

「西館側まで距離にして六メートルとちょっと。危険は伴うけど、それでもジャンプして行き来すればかなり時間を短縮できる」

「えー……でも地上三階だよ？　ボ、ボクには無理だなー」

「俺だって無理だよベルカ。でも、条件だけで言えばウルスナさんにはそれが可能なんだ。なぜなら――」

「私が元々走幅跳をやっていたから……ですか？」

俺の言わんとするところを先に理解して、ウルスナさんは自らそう言った。

「ええ。オリンピックの代表選手だったと、あなた自身がそう言いました」

「オリンピック！　それなら・・・うってつけじゃないか！」

「いいやベルカ。それでも結局は、ウルスナさんには跳ぶことはできなかったんじゃないかと思ってる」

「ええ……？　なんで？」

そんなつもりはなかったけれど、なんだか梯子《はしご》を外したような形になってしまった。ごめんベルカ。

俺は改めてウルスナさんを正面に捉えた。

「ウルスナさん、もしかして、あなたはもう昔のようには跳べないんじゃないですか？」

こちらの問いかけにウルスナさんはしばらくの間無言だった。

「跳べ……ないの？」

けれどやがて顔を上げて全てを認めた。

「その通りです……。今の私は昔のようにどころか、普通の人のように跳ぶこともできません。できれば忘れてしまいたい……ことでしたが」

「すみません」

「ですが朔也《さくや》さん、なぜそれを……？」

「最初に変だなと思ったのは、地下へ逃げて行ったルゥを皆で追いかけた時です。あなたはあの場の誰よりもルゥのことを心配していた。関係性を考えれば当然のことです。それなのに、玄関ホールのエレベーターに到着した時、あなたが一番遅れて俺達《たち》に追いついてきた。誰よりも主人を心配しているはずのあなたが。そして引退したとはいえ、数年前まで陸上選手だったあなたがです」

俺の話に耳を傾けながら、ウルスナさんは部屋の壁にそっと背を預けた。

「それからその後だ。地下空洞に降りてから皆が水の上の岩場を飛び移っていた時、ウルスナさんだけはそれをせず、わざわざ水の中を歩くことを選んだ」

岩と岩の距離はそれほどでもなかったのに、跳ぼうとしなかった。

「それが決定打になりました」

「よく観察しておいでなんですね……」

「言い忘れていましたけど、俺も探偵の端くれなんです」

これまで散々推理めいたことをやっておきながら、本当に今更な自己紹介だ。

探偵——と小さく呟《つぶや》き、ウルスナさんは目を丸くする。

「もしかしてあなたは選手生命に関わる大きな怪我《けが》……あるいはそれが原因で起きた何らかの心因性動作失調《イップス》のせいで跳べなくなってしまったんじゃないんですか？」

ウルスナさんは一つ深く息を吐く。

「ご想像の通りです」

それからおもむろに履いていた靴と靴下を脱いで見せた。

「私はこれでも昔は選手としてなかなか期待されていたんです。ですが繰り返し怪我に悩まされました。何度か手術もしました」

あらわとなった彼女のアキレス腱《けん》のあたりには痛々しい手術痕が刻まれていた。

「皆の期待に応えるためにも絶対復活しなきゃ。怪我を克服しなきゃ。そう強く思いすぎたのがいけなかったのでしょう。いつしかフォームも崩れ……気づけば踏切板に向かって走ること自体が……恐ろしくなっていました」

跳べないのです。私は。

その言葉でウルスナさんの独白は締めくくられた。

その段階でベルカもすっかり言葉を失ってしまっていた。

ウルスナさんには犯行は不可能だ。

彼女は犯人じゃない。

「うぅ……先生……外しちゃったよ……」

披露した推理が外れたことで、ベルカは目に見えて落ち込んでいた。

「今回も玉砕したなベルカ。まあ最初から分かっていたことだが。ビニールシートなんて誰でも持ち出せたわけだからな。ウルスナだけを疑う根拠にはならんさ。ところで今傷ついていいのはお前じゃないぞ。それくらいは分かっているだろうな？　助手《ベルカ》」

項垂《うなだ》れたベルカにもフィドは厳しい。

「グス……わ、分かってるよ！　フィドの意地悪！」

ベルカは涙を堪《こら》えながらおずおずとウルスナさんの前に歩み寄る。

「その……ウルスナさん……本当にごめんなさい！」

「ベルカさん、もういいんですよ。こんな状況下で過去のことを黙っていた私にも責任はあります」

ウルスナさんは優しくハグをして許した。

「優しい……ママー！」

「ママではないですけど……」

やれやれ。

二人のハグに一瞬その場の空気が緩んだ。

そんな中、ゆりうが素朴な疑問を口にする。

「でも師匠、それなら結局犯人は誰なんでしょうね？」

その言葉は、俺の胸の中心あたりを深く突いた。

「それは……」

彼の推理の半ばあたりから、俺の胸には嫌な感覚が膨らみ始めていた。

そして話を聞くにつれ、その感覚は確かな手触りと質量を得ていった。

「朔也《さくや》様……先ほどから様子が変です。どこか体のお具合が悪いのではないですか？」

「大丈夫だよ」

我が助手はこちらの僅かな変化も見逃さない。

自分では気づかなかったけれど、顔に出てしまっていたらしい。

「どうなることかと思ったけど、ウルスナさんの疑いが晴れてよかったですね！」

ゆりうは目の前の平穏にひとまず胸を撫《な》で下《お》ろしている。

けれどそんな彼女にシャルディナが意地悪を言う。

「そんな風に落ち着いていていいのかしら？」

「なんですか？　落ち着いてちゃ問題があるの？　ベー！」

珍しくゆりうが真っ向から食ってかかる。そんなゆりうを受け流しながら、シャルディナは嬉《うれ》しそうに嘲笑《わら》う。

「犯人はまだ分かっていないのよ？」

「そうだけど、それはきっとこれから師匠が……」

「これから、なんて言っていられるほど時間があるかしら？」

「シャル……！」

俺は咄嗟《とっさ》に相手の言葉を遮ろうとした。けれど間に合わなかった。

「あら朔也《さくや》、制限時間《タイムリミット》のこと、まだウルスナに言ってなかったの？　皆に教えてあげなきゃかわいそうじゃない」

「な……なんの話ですか？」

ウルスナさんは不安そうに俺とシャルディナの顔を交互に見ている。

「もうじき、この島にシャルの自家用潜水艦から発射されるミサイルが降り注ぐ。そういうお話よ」

シャルディナは彼女の反応を飴玉《キャンディ》みたいに娯しみながら、容赦なく種明かしをしてしまう。

「な……なんですって……？　どうしてそんなひどいことを……！」

「でも安心しなさい。制限時間内にこの一連の事件の真相をそこにいる探偵・追月《おうつき》朔也が解き明かすことができれば、発射を停止してあげる約束になっているから」

「そんな……」

ウルスナさんは瞬時にその危機を悟った。彼女でなくても、あの潜水艦を実際に見せられた後では、タチの悪い冗談として笑うこともできない。

「に、逃げなきゃ……」

「今、この島にそんな場所はないわよ」

そう。今島に動かせる船はない。

へたり込んだウルスナさんを他所《よそ》に、シャルディナ・インフェリシャスは真っ向から俺を見据え、食らいつくような微笑《ほほえ》みを浮かべる。

「それで朔也。そろそろ時間だけれど、誰が犯人か分かったのかしら？」

その獰猛《どうもう》な微笑みを全身に受けながら、俺は脳内で自分の考えを整理した。

「最後のピースさえ揃《そろ》えば、犯人を特定できると思う」

「サクヤ、それ本当⁉」

「ああ。フィドとベルカが披露してくれた推理のおかげで、断片的だった情報が揃ったよ」

「それで、その最後のピースってなんなんですか？」

もどかしげにゆりうが詰め寄ってくる。

「それを揃えるために、確認しなきゃいけないことがあるんだ」

それが俺の予想通りなら、ミサイル発射前に事件を解決できるだろう。

でも、もし間違っていたら――。

俺は想《おも》いを振り切るように首を振ってから、皆に提案した。

「いつまでもここで顔を突き合わせているのもなんだから、一旦ラウンジに移動しませんか？　まだ話しておかなきゃならないこともあります」

「私もそれがよいかと思います」

リリテアを始めとして皆もそれに同意した。

「それでウルスナさん、あんな話の後で申し訳ないんですけど……」

「なんでしょう？」

「ルゥを起こしてあげてくれませんか？　結局皆眠らずに集まっていますし、こうなったらあの子も一緒にいた方がいい」

「そうですね！　すぐにお呼びしてきます！」

働き者のウルスナさんはすぐに踵《きびす》を返してルシオッラの部屋へ向かって行った。

俺達《たち》は一足先にラウンジへ向かい、ソファや暖炉の前など、各々好きな場所に落ち着いた。

少し遅れてウルスナさんに車椅子を押されてルシオッラが現れた。

てっきり身だしなみを整えるのに時間が掛かったものと思っていたのに、ルシオッラはしっかり愛用の毛布を抱き抱えた状態で登場した。

「外からお声をかけてお待ちしていたんですが、起きていただくのに手間取ってしまいました……」

ウルスナさんが申し訳なさそうに言う。

窓の外は徐々に明るくなりつつあった。日の出も近い。

ラウンジの柱時計は五時三十五分を指している。

ミサイル発射まであと二十五分。

だけど、それだけあれば大丈夫だ。

「……ルゥのいない間に……みんなでパーティ？」

「え？　違う違う。仲間外れにしたわけじゃないよー」

慌ててベルカが寝起きお嬢様の機嫌を取る。

俺はルシオッラがテーブルのそばにつくのを待ってから話を再開した。

「この館で起きた複雑な事件について何から話したものか迷うところだけど、まず俺から皆に知っておいて欲しいことがあります」

「改まって何よ」

カティアが神経過敏な様子で反応する。

「俺はさっきまで館をあちこち見て回っていたんですが……」

「……ずいぶん命知らずなことするじゃない」

「探偵としての調査の一環ってやつです。それでですねカティアさん、落ち着いて聞いてください。実はライルさんが二階の彼の部屋で自殺を図っていたんです」

「ええ⁉」

これにはカティアだけでなく、他の面々にもさっき以上に動揺の輪が広がった。

「彼の部屋を訪ねた時に偶然発見したんです」

「じ、自殺って……それじゃ犯人が死んじゃったんですか⁉」

「あ、ごめん。はやとちりさせちゃったな」

「え？　どういうことですか？」

ゆりうの言葉にリリテアが前に出る。

「ライル様はなんとか一命を取り留めました。幸いにも毒が致死量に達していなかったようで。今は部屋のベッドで休まれております」

「助かったんですか！　よかった……」

胸を撫《な》で下《お》ろすゆりう。

対して正反対の反応を示した人物がいた。

「そんなはずは……！」

カティアだ。

彼女は座っていたソファから腰を浮かせて目を見開いている。

「あ……」

その不審な様子にゆりうが首を傾《かし》げる。

「カティアさん、そんなはずは……ってどういうことですか？　旦那さんが一命を取り留めたんですよ？　嬉《うれ》しくないんですか」

「ちょっと……気が動転したのよ……」

彼女は皆の視線が自分に集まっていることに気づくと、すぐに思い直したように腰を下ろした。

そんな彼女の様子を観察しながら、リリテアは淡々と説明を続ける。

「発見時、ライル様の心臓は止まっておりましたが、急ぎ蘇生《そせい》措置を施したところ息を吹き返しました。本当に危ないところでした。そうですよね？　朔也様」

「ああ。最初は諦めて部屋を立ち去ろうとしたんだけど、リリテアが俺を引き止めたんだよ。まだ助かるかもしれないって」

「そうだったんですね……。でもライルさん、どうして自殺なんてしようとしたんでしょう？　そもそもなんで師匠は自殺だって分かったんですか？」

「ああ、それは彼の部屋のテーブルにこの遺書が残されていたからなんだけど」

と、俺はポケットから例のメモ用紙を取り出した。

「どれどれ」

遺書を受け取ったベルカが早速目を通す。

「わー、これは確かに間違いなく遺書だね」

「でもそれ、偽物なんだ」

「え？　どーゆーこと？」

「本当は他殺なのに誰かが自殺に見せかけようとして偽の遺書を残したってこと。息を吹き返したライルさんが、自分はそんなもの書いてないって教えてくれたんだ」

「これが、犯人が用意した偽物……へー」

ベルカは感心したように用紙を裏から眺めたりしている。

別にどっち側から見ても一緒だぞ。

「ライルさんは俺にそのことを教えた後、すぐにまた意識を失っちゃったよ」

「じきにまた目を覚まされるかと思います。落ち着きましたら改めて彼からお話を伺ってみるのもよいでしょう。なぜ彼が毒を盛られなければならなかったのか、そしてそれをやったのは誰なのか」

「ああ。本人なら毒を盛った人物の見当がついているかも。そしてそれを行なった人物こそが、この館で起きたその他の殺人の犯人である可能性も――」

「わ、私ちょっと先に行ってるわ！」

その時、突然カティアが立ち上がってラウンジを出ようとした。

「あの人の看病してあげなきゃ！」

なんと美しき夫婦愛――だったらどんなによかったか。

「カティア様」

そんなカティアをリリテアが呼び止める。

「お気持ちはお察しますが、ライル様の容体はすでに安定しております。今はお一人で行動せぬ方がよいかと」

「だ、だけど……」

「よければ私も同行しましょう」

「余計なお世話よ！　一人で行けるわ！」

「カティアさん、何か一刻も早く一人でライル様の元へ向かいたい理由でもあるんですか？」

俺はラウンジの扉の前に立ち塞がり、カティアを問い詰めた。

「例えば、殺し損ねた相手に今度こそ確実にトドメを刺そうと考えている……とか？」

「わ、私が……殺そうとしたとでも言いたいわけ⁉」

「口封じをするなら今しかありませんからね。それにさっきだって変でしたよ。いくら動転していたとはいえ、旦那さんの無事を聞かされて咄嗟《とっさ》にあんなショックを受けたような表情をするなんて。まるでライルさんに生きていられたらまずいとでも思っているみたいでしたよ。彼の口から、犯人は妻だと語られるのを恐れているんじゃないですか？」

「な、何言ってんのよ……！　どうして私が自分の旦那を殺さなきゃならないの！」

カティアは必死に首を振る。けれど今となっては全てが白々しく見えた。

「そうですか。では今から全員で彼を訪ねて直接聞いてみましょう。もう起きているかもしれないし」

「ま、待って！」

さっさとラウンジを出て行こうとする俺を慌ててカティアが止める。

「どうして止めるんですか？　ライルさんの容体が心配だったのでは？」

「だから……それは！」

もう、その態度から真相は誰の目にも明らかだった。

「もしかして本当はちっとも心配なんかしていないんじゃないですか？」

「な！　失礼ね！　ガキに夫婦の何が分かるっていうの！　こちとら結婚生活は良好そのもので……！」

俺はカティア夫人の罵倒を受け流し、密《ひそ》かに感じていたことをぶつけてみることにした。

「結婚生活？　あなた達《たち》は本当に夫婦なんですか？」

これにはラウンジ全体の空気が一瞬止まった。

皆が台本にないセリフを口走った俳優を見るような目で俺のことを見た。

「夫婦なんて全て偽装で、本当は赤の他人……なんじゃないですか？」

「し、師匠！　夫婦じゃないって……どど、どういう話ですか？」

「そのままの意味だよ。それどころか、ザヴァッティニ一家丸ごと偽物の家族だったんだ」

「ええ!?　ドミトリ君も……イヴァンさんも……」

「ライルさんも!?」

ゆりうとベルカが揃《そろ》って声を上げる。

「うん。俺が思うに、彼らはお互いに全くの他人だ。ルゥの親戚だというのも嘘《うそ》だろう。全員が同じ物を探し求めてここへやってきたエージェントのような存在だったんだと思う」

これはライルが殺されたことがきっかけとなって浮かび上がってきた考えだ。

「エージェントって……師匠、どうしてそう思うんですか？」

「そう感じさせる点……違和感は最初からいくつかあったんだ。第一に、ザヴァッティニ一家はあまりに顔立ちや民族が異なっていたこと。そして端々に見られたカティアさんの気になる言動」

――あいつが消されるなんて……こんなところ、来るんじゃなかった……！

――心配はしてるわよ。し、失礼ね！　他人なもんですか！

「どれも彼らが普通の家族でないことを示唆していたのに、これまで俺はそれを見逃ししまっていたんだ。でも死の際にいたライルさんの言葉が決定打になった。彼は意識朦朧《もうろう》とした状態でこんなことを言ってたんだ。目的のものさえ手に入れたら、縁もゆかりもないこんな島とはおさらばだ……って」

それは厳密には彼のじゃなくて俺の死に際でのことだけれど、言葉の上では嘘《うそ》は言っていない。

せっかく自分の命を差し出して手に入れた情報なんだ。有効に活用させてもらおう。

「縁もゆかりもないなんて、本当にルゥの親戚なんだったら絶対そんな言葉は出てこないはずだ。それで彼らは口裏を合わせて擬似家族を演じていたんじゃないかと考えた。全員が素性を偽り、変装し、親族のふりをしてこの館を訪ねてきたんだよ」

「で、でも師匠、一体なんのためにそんなことをしたんですか？　映画の撮影でもないのに」

　ゆりうがそう言うと皮肉めいて聞こえる。

「ライルさんの言葉通りだよ。彼は……いや彼らはある物を手に入れるためにこの島へやってきたんだ」

「あ！　もしかしてドミトリ君が不自然に西館へ行っていた理由も？」

「他の人の目のないうちに、ある物を闇雲に探してたんだろうな。ハービーさんが行方不明になってた騒動の最中に抜け駆けしようとしてたんだ」

「抜け駆け……仲間を出し抜こうとしてたんですか？」

「彼らはそもそも仲間なんかじゃなかったんだよ。目的のために口裏は合わせていたかもしれないけど、チームではなかった。だからライルさんはカティアさんに裏切られて毒殺された」

「それでサクヤ、そのある物って一体なんだい？」

「えーっと、ある物のことは一旦おいとくとして……」

　俺はベルカの質問をやんわりと流した。

ある物。それはもちろん例の秘薬、シーアレイツのことだ。

でも今ここで一からあの秘薬にまつわる歴史を話していたんじゃ制限時間《タイムリミット》をオーバーしてしまう。

「その隠し場所の記された日誌があったんだよ。それが災いの元さ」

「日誌……？」

「エリゼオの日誌だ。彼らの中で、ライルさんだけがいち早く目的の物の隠し場所の重要なヒントが記されたそれを手に入れたんだ」

「あんたが……なんで日誌のことを……！」

驚愕《きょうがく》するカティア。

やっぱり彼女はライルが俺を殺し、そして日誌を奪ったことは知らないらしい。

俺に代わってカティアの疑問に答えたのはリリテアだった。

「なぜ知っているのか、ですか？　朔也《さくや》様はこれでも探偵でございます。無意味な危険を冒して真夜中に一人で歩き回っていたわけではございません。あなたの与《あずか》り知らないところで常にさまざまな情報を集めておいでなのです」

嘘《うそ》じゃない。褒めてくれてもいる。

けど微妙に耳が痛いのはなぜだ？

一人で出歩いたこと、怒ってる？

ともかく、日誌に反応した時点でカティアはクロ確定だ。

「ライルさんが日誌を手に入れたことに気づいたカティアさんは、ライルさんに先を越されたくないと考えて彼に毒を盛ったんだ」

「知らない！　知らないったら！」

「そしてその目的達成の過程でライバルであるドミトリ君やイヴァンさんのことも手にかけた。違いますか？」

もう相手の様子を窺《うかが》う必要もない。俺は直球で彼女に対して疑惑をぶつけた。

そのことがよっぽど効いたみたいで、カティアはとうとうこんなことを口にした。

「違う！　そ・っ・ち・は本当に知らないわ！」

「そっちは？　じゃあやっぱりライルさんのことは間違いなく殺したんですね？」

「私は無実よ……！」

「ではやっぱりライルさん本人に直接訊《き》きに行ってみましょう。りんごでも剥《む》いて」

「ぐ……くぅ……！」

カティアの顔色を見て俺とリリテアはそっと頷《うなず》き合う。

もう充分だろう。

「安心してくださいカティアさん。本当のところ、ライルさんは助かりませんでした。もうりんごも喉を通りません」

「……は？」

カティアは一瞬魂の抜けたような表情を見せた。

「残念ながら、一命を取り留めたというのはリリテアのブラフです」

そう。彼はもう死んでいる。

発見した時点で疑う余地なく、蘇生《そせい》の余地なく、死んでいた。

「え？ え？ 師匠、あたし頭がこんがらがってきたんですけど、結局ライルさんは……？」

ゆりうが目をくるくるさせる。

「助からなかったよ。毒は致死量に達していたんだ」

あの時、リリテアはライルの部屋を去ろうとした俺を呼び止めてこう提案してきた。

——この方を蘇《よみがえ》らせましょう。

それはライルの命を救おうという意味じゃなかった。

ライルの蘇生に成功したということにして犯人を炙《あぶ》り出そうという意味だった。

正直うまく行くかどうかは賭けだった。

けれどライル殺しについてはどこか衝動的な犯行の匂いが強かったから、案外殺し損ねたという初歩的な引っ掛けが犯人の心を揺さぶるんじゃないかと思えて、俺は助手の提案に一口乗ってみることにした。

結果、犯人は見事に釣れたというわけだ。

「ライルさんは俺に遺書のことを否定して……そのまま息を引き取ってしまったよ」

と、俺はここでも一つ小さなブラフを混ぜた。

そうしておかないと俺が遺書を偽物だと即座に断定した理由がなくなってしまうからだ。

でもこういう裏口っぽいのはいかにも親父《おやじ》がやりそうなことなので気が引ける……なんて思いながらリリテアの方を見ると、なぜか彼女は満足げに俺のことを見ていた。

やめろ。ご立派になられて——みたいなその顔やめろ。

「だから直接証言を訊《き》くこともできない。もっともカティアさんの出してしまったボロを見るに、もうそんな必要はなさそうだけど」

カティアは眉を痙攣《けいれん》させて怒りに震えていた。

「く……このガキ！　狡《こす》い引っかけで……人をおちょくってぇ……！」

率直に言ってかなり怖い。

「やれやれ。あんな拙いブラフを本当に実行するとはな」

フィドは呆《あき》れ気味にため息をつく。

「えっ？　先生、知ってたんですか⁉」

「ごめんベルカ。さっき耳打ちした時、フィドにだけは本当のことを伝えておいたんだ」

「ずるい！」

呆れつつも悪くない作戦だと思ってくれたんだろう。フィドは口を挟まず、最初から承知の上で静観してくれていた。

俺は改めてこっちを睨《にら》みつけているカティアに向き直った。

「私は知らないわ！　全部セイレーンのせいよ！」

「カティアさん、あなたは元々他の連中を裏切るつもりで毒物を忍ばせてここへやってきたんじゃないですか？　なんならこれから今すぐあなたの荷物を調べに行ってもいい。かまいませんか？」

「う……！　そんなこと……」

「毒物と一緒に奪ったその日誌とやらも出てくるかもな」

フィドも加勢してくる。

「テ……テメーら！　この……！　ミソスープ臭い東洋のガキと犬っころの分際で！」

途端に彼女の言葉遣いが変化した。

よっぽど痛いところを突かれたという様子だ。彼女はソファから立ち上がり、ジリジリと壁際へ下がって行く。

「カティアさん、いや……これは偽名《コードネーム》で、本当の名前は別にあるのかな？」

「黙れ！」

激昂《げきこう》したカティアはスカートのポケットから小型の拳銃を取り出した。

「そんな物を隠し持ってたのか！　ピストルを突き付けながら言ったって説得力ないよ！

信じられるもんか！　ドミトリ君にしたって、第一発見者を装って自分で殺しちゃったんじゃないの？」

果敢に言葉で応戦するベルカ。

そんなベルカの隣に立って俺もカティアに声をかける。

「ピストル、ドミトリ君やイヴァンさんを殺した時には使わなかったんですね？　そうか、発砲音で犯行がバレてしまうし、使うのはよっぽどの追い込まれた時だけってことですね？」

「違う！　私は本当にライルしか殺《や》ってない！」

「信じますよ。あなたはやってない」

「そう！　カティアさんは次々と犯行を繰り返し……へ？　ちょっとサクヤ！　なんでー!?」

またもや梯子《はしご》を外されてベルカはあたふたしている。申し訳ない。

「さっきはサクヤも疑ってたじゃないかー！」

「ごめん。あの時はライル殺しを認めさせるためにあえて強引に余罪を追及して見せたんだよ。カティアさんはドミトリ君のことも、イヴァンさんのことも殺していない。ただライルさんを毒殺しただけだ」

「それってつまり？」

「ライル殺しとその他は別の事件なんだよ。カティアさんにはドミトリ君のこともイヴァンさんのことも殺せない」

「そ、そうなの先生？」

ベルカはフィドに助けを求めたが、当のフィドは無言だった。

「当初は俺もライルを殺した人物こそ全ての事件の真犯人なんじゃないかと思っていた。でもライル殺害がカティアさんの犯行なら、そうは言えなくなる」

「どういうこと……ですか？」

「アリバイだよ。まずイヴァンさん殺害の時だ。犯行時、彼女は俺達《たち》と一緒にずっとこのラウンジにいた」

「それは……確かに」

「ドミトリ君の方だけど、ほら、屋上の話を思い出して」

「犯人は東館から西館へ飛び移ったっていう？」

「そう。だけどカティアさんにはそれが不可能なんだ」

「不可能なの？　ものすごい運動神経を隠してるかもしれないじゃないか」

「いや、運動神経の問題じゃないんだ。なぜなら残っていなかったからだ。屋上のあの環境下で飛び移ったら普通の人間なら必ず残ってしまうはずの形跡が」

「形跡？」

「足跡だよ。踏み切り地点と着地点には畑……つまり土が敷かれている。でもそこには人の足跡はついてなかった」

「後で土をならして足跡を消したんじゃないの？」

「東館から西館へ、着地した場所ならそれでもできるだろうな。だけど帰り道はどうかな？」

「帰り道……あ！」

「西館から東館へジャンプした時、西館の土の上には必ず踏み切りの痕跡が足跡として残るはずなんだ。でも残ってなかった。だからカティアさんには犯行は不可能だ」

断言すると同時に、カティアがずるずると壁際に座り込んだ。

「それじゃ……ねえサクヤ、最初の二つの事件は一体誰がやったの？　誰が足跡も残さずに屋上を跳んだって言うのさ！　まさか本当に翼を持ったセイレーンだなんて言うつもりじゃ……」

「セイレーンなんていないよ。跳んだのは……キミだろう？」

俺は詰め寄ってくるベルカをその場に押《お》し留《とど》め、ことの成り行きを見守っていた彼女の元へ歩み寄った。

「サク？」

彼女――ルシオッラが無垢《むく》な瞳をこちらに向けてくる。

「え……？　ちょ、ちょっと待ってくださいよ師匠。跳んだって……ルゥちゃんがですか!?　東館と西館の間をですか!?　それはいくらなんでも無理ですよ！」

「そうだよサクヤ。確かにルゥは手術で義足を手に入れて歩けるようにはなったみたいだけど、流石《さすが》に……」

反射のように反論するゆりうとベルカ。

俺は努めて心を鎮めながらルシオッラに手を伸ばす。

「自分の足を持たない彼女には無理だって言うのか？」

そしてそっと彼女の体を覆っている毛布を掴《つか》んだ。

「ルゥ、ちょっとその毛布、貸してくれないか？」

「……ダメ」

「その下に隠れてるものを改めて見せて欲しいんだ。頼むよ……ルゥ」

「………サク」

俺はルシオッラの手から優しく毛布を抜き取った。

瞬間、ルシオッラの小さな体が車椅子から離れ、野ウサギのように大きく跳躍した。

毛布が天女の羽衣みたいに宙を舞って俺の視界を一瞬遮る。

「ルゥ！」

ルシオッラが車椅子から立ち上がることができることはもう証明されている。けれどその瞬間の彼女の跳躍は通常の義足ではまず不可能な動きだった。

「よせ！　ルゥ！」

毛布が床に落ちた時、ルシオッラはすでにカティアの背後を取っていた。

相手の首筋に小さな折りたたみナイフを突きつけている。

「ひっ……！」

カティアは自分の身に何が起こっているのかまだ理解し切れていない。

「ル……ルゥ！　その脚……!?」

ベルカの悲鳴近い声がラウンジに響く。

床を踏みしめたルシオッラの両脚は人魚症候群《シレノメリア》でも、昨日見た義足でもない――全く別の義足だった。

九章　立ちなさい

エリゼオの日誌　日付不明

なんということか。
まさかこのような形で孫の体に変異が現れるとは――。
アポロニアの体には成長過程でもなんの問題も見られなかったのに。
隔世遺伝か。
一体薬学の神というものはなんと無慈悲なのか。
孫の――ルシオッラの体に生まれつきの業を背負わせるなんて。
過去の因果は私を逃さず、許さず、私の愛する者をも蝕《むしば》み続けるというのか。
これは呪いだ……。
その上、その上だ！
奴《やつ》らはまだ懲りずに研究を続けているという。
ある日届いた差出人不明の一通の手紙が、私にその事実を教えてくれたのだ。
一体どこの誰が、どのような筋からその情報を私に届けたのか、それはとうとう分からなかったが、情報の裏はすぐに取れた。

とある筋で話題となっていたマウスによる実験の映像。

そこに映されていた薬の効果を見て私は全てを察した。

かつて開発に携わっていた私には分かる。

これは彼らの仕業だ。

そして彼らはいまだに成功に至っていない。

きっとボリスもイサークも、こう思っていることだろう。

ユーリが持ち去った資料『イリナ・レポート』さえ手に入れば――と。

だが彼らがそれを手に入れ、エリクサーを完成させたとしても、それがもたらすのは人の幸福などではないだろう。

それを生み出し扱う者達《たち》が命を軽んじ、素材としてしか見ていない限り、エリクサーは人から人間性を奪い、更なる犠牲と悲劇を生み続ける毒にしかならない。

一度はイリナを使って人体実験に踏み入った連中だ。研究者としての好奇心の赴くままに、その先の更なる禁忌の領域へ踏み入ろうとするだろう。

きっと今も誰かがそのための犠牲になっている。

それは未来の隣人か、あるいは我が友の子である可能性もあるのだ。

そしてその実験は巡り巡ってルシオッラのような子を増やすことになってしまう。

止めなければ。

もはや黙して秘密を守り、ただ己の天寿を全うするだけではいけない。

私はもう若くはないが、やれることはある。

例えばシーアレイツの名を餌に奴《やつ》らをこの島へ招き、一度に叩くというのはどうだ？

そう。誘《おび》き寄《よ》せて、元凶を絶つのだ。

そのためにはまず絵を描こう。

それもただの絵ではダメだ。

最高傑作を！

私にできるのはそれだけだ。

□

「お祖父様《じいさま》が死んでから、偶然見つけた日誌。あれを読んでルゥは全部知ったわ」

ルシオッラはさっきまでより幾分大人びた声でそう言った。

「え？　え？　その脚……あれって……師匠！」

ゆりうは混乱した様子でルシオッラの脚と俺の顔を交互に見ている。

彼女が装着している義足は、いわゆる人の脚のシルエットとは違う形をしていた。

滑らかな板状の素材が、野ウサギのようにしなやかな曲線を描き、その先端がそのまま地面についている。

「スポーツ競技用の義足だ」

「あ！　言われてみればテレビで見たことあるかも！　ですけど、ルゥちゃん、なんでそんな義足を……？」

「ルゥ、キミはそれを使って跳躍することで東館と西館の屋上を行き来したんだな？」

それは板バネが素材に使われている、スプリントや跳躍に特化した軽量型の義足だ。

「だ、だからって師匠、ルゥちゃんにそんなことが……」

「ウルスナさん、両足義足の走幅跳、女子の世界記録はどれくらいか分かりますか？」

元走幅跳の選手だったウルスナさんなら俺よりもずっと詳しいはずだ。

彼女は苦しげな表情でしばらく黙っていたが、やがて絞り出すようにこう答えた。

「六メートル以上の距離が……記録されています……」

それを聞いてベルカが「ボクの倍だ……」と漏らした。

「考えてみれば、なるほどなというところだ」

フィドが珍しく心から感心した様子を見せる。

「近年、義足の開発が急速に進んでいて、公式大会じゃむしろ最先端の義足を使った選手の方が好記録を出しちまって、それが問題になったって話を聞いたことがある。健・常・者・様・

もうかうかしてられないってな」

彼は最後に皮肉をたっぷり効かせてそう締めた。

常識とは常に上書きされるものだ。

いつだったか親父《おやじ》もそんなことを言っていたっけ。

「まったく……ルゥには驚かされっぱなしだよ」

最初に人魚症候群《シレノメリア》が実は義足になっていたと知らされた時、俺はその時点で無意識にもうその先はないと思い込んでいた。

立てない、歩けないはずのルシオッラが本当は自立歩行が可能だったという事実に満足して、その先を考えなくなっていた。

ハービーの一件以降、ほとんど無意識にルシオッラのことを容疑者候補から除外してしまっていた。

けれど彼女は二重底のように、もう一段階自分の脚を隠していた。

実際のルシオッラは健常者と遜色ないレベルで——いや、それ以上に走ることができたし、跳躍することだってできたんだ。

「ルゥは足を失った、哀れで不自由な少女なんかじゃなかった。キミは——」

キミは跳べたんだな。

「サク、黙っててごめんね」

そう言ったルシオッラの声は、もういつもの愛らしい彼女の声だった。

同時にその言葉は全てを認めるという意味を含んだものだった。

「そういうことですか……」

リリテアが感心したように、同時にどこか少し悔しそうに口を開く。

「西館の屋上、あの土の上に残っていた、掘り返されたような跡……あれはルシオッラ様の特殊な義足によって付けられたものだったのですね」

ルシオッラの装着しているものは通常の足の形状とは大きく違う。その足で駆け、踏み切ればそこに残される足跡も特殊な形になる。

「そうだ。あれがなんなのか、あの時の俺達《たち》には分からなかった。見当が付かなかった。だから俺は写真を見せて尋ねたんでしたね」

そう言って水を向けると、彼女はビクっと肩を震わせた。ウルスナさんだ。

「そうしたらウルスナさんはこう言いました。海鳥が時々嘴《くちばし》で土を掘り返している。これはその跡だと。だけどウルスナさん……本当はあの時、写真を一目見てなんとなく気づいたんじゃないですか？　あれがスポーツ競技用の義足による足跡だって」

ウルスナさんは答えない。

「元陸上選手の……それも走幅跳の選手だったあなたには、分かってしまったんじゃないですか？　そして同時に、犯人が自分の仕えるルシオッラであることにも」

「わ、私は……！　そのようなことは……」

「だから咄嗟《とっさ》にデタラメを言ってごまかした。主人を庇《かば》うために、嘘《うそ》をついたんですね」

俺は天井を見上げながらその言葉を虚空に放った。直接ウルスナさんを詰問するような雰囲気にしたくなかったからだ。

「ああ……ああああっ！　お……嬢様……申し訳……！」

「いいの。ウルスナ。巻き込んでごめん」

ウルスナさんは少女のように泣き崩れ、ルシオッラはそんな彼女に微笑《ほほえ》みかける。

「見上げた主従関係じゃない」

そんな二人を見てシャルディナが言う。

「ウチの子達《たち》にも見習って欲しいところだわ」

「お嬢。そりゃないよ。あ、こないだしりとりで一生ラ攻めしたことまだ根に持ってる？」

「ああ、アレ。お嬢様、途中で拗《す》ねてしまわれたものね」

「だからあなた達のそういうトコ！」

にわかにかしましいやりとりをするシャルディナと部下二人。

「オホン……。ところであなた、最初からその子の脚のこと知ってたの？」

気を取り直したようにシャルディナはルシオッラの足を指差し、ウルスナさんに尋ねる。

ウルスナさんは力なく首を振った。

「いえ……知りませんでした。本当です。元々……義足だったことさえ本当に知らなかったんです……」

それは多分、本当だろう。

最初にルシオッラの義足が発覚した時の彼女の驚きように偽りはなかった。

ルシオッラは近しい存在であるウルスナさんにも義足のことを秘密にしていた。

歩けることが分かってしまったら、もっと島の外へ出ていくように言われるから――。

ルシオッラは黙っていた理由をそう語ったけれど、本当はもう一つ重大な理由があった。

それは今日、この日のため。

事件中の自分の行動範囲を誰にも悟らせないためだった。

「ルゥ、一つ訊《き》きたいんだ」

「何？」

「ドミトリがあのタイミングで西館に行ったのも、キミが誘導したからじゃないのか？」

「……シイ《うん》。あなたの探し物、もしかしたら西館、特に三階のどこかにあるかもしれない。そう伝えた。お祖父様《じいさま》はよくそこに出入りしてたからって」

「それで彼は自分だけがいい情報を聞いたと思って、意気揚々と西館に行った。そこを襲ったんだな。そしてその場で死体も消した。やっぱりシーツを……使ったのか？」

シーツのことに触れると、ルシオッラは少し驚いたような表情を見せた。

「現場に残ってたダイイング・メッセージもルゥが書いたんだな？」

ルシオッラはそれについては取り立てて反応を見せず、代わりにわずかに目を伏せて肯定の意思を示した。

「そうして素早く現場を偽装して、キミはまたすぐに東館に戻った。思えばルゥ。キミが部屋でずぶ濡《ぬ》れで倒れていたのは、嵐の中、あの屋上を飛び移って戻ってきたからだったんだな。あの怪我《けが》も」

「ん。着地……間違えてコケちゃった」

照れ臭そうに笑うその顔は普通の女の子のようにしか見えない。

「すごいな、ルゥは。あんなところを飛び移るなんて俺にはとても無理だ。一体……そのために今日までどれほどの、鍛錬を……」

俺はそこで思わず言葉を詰まらせてしまった。

そうだ。たった一人でどれほどの練習を積んだんだ。

今になって気づく。エリゼオのアトリエの裏手で見つけたあの広場。あの砂場。

あれはルシオッラの遊び場なんかじゃなかったんだ。

いくら特殊な義足があったって、それだけで自由自在に動けるようになるわけじゃない。

自由に走り回れるようになるためには、血の滲《にじ》むような日々の努力が必要だっただろう。

ルシオッラはあの場所でそれをしてきたんだ。誰にも内緒で、毎日毎日。体を鍛えて、義足を使いこなす練習をして、繰り返し跳躍の練習をした。たった一人、独学で。

その執念の深さは想像も付かない。

「体を鍛え始めたの、もう三年も前から。それで、ある時お祖父様《じいさま》にねだってコレを作って取り寄せていただいたの」

ルシオッラは義足の爪先で床をトントンと叩《たた》く。

「好きなように体を動かすの、楽しかったから。ただそれだけ。執念も何もない」

元々鍛え始めたのは犯行のためじゃなく、純粋に肉体の自由を求めたから――。

そう言いたいんだろう。

「そうか。その成果が今回役に立つと分かったのは、偶然だったんだな」

「シィ」

今にして思えばルシオッラは気を許したウルスナにも、他の誰にも自分の体を触らせなかった。

それは義足のことを悟られまいとしていただけじゃなく、鍛え抜いた肉体に気づかれないためだったんだ。

「だ、だけどルゥは……今までどこにそんな義足《モノ》を隠してたの？」

ベルカの疑問はもっともだった。けれど今となってはその答えは俺達の目の前にはっきりと示されている。

「ルゥは隠してなんかいなかったんだよ」

「どーゆーこと……？」

「最初からずっと俺達《たち》の視界に入ってたんだ。あれだよ」

俺は部屋の隅に所在なげに残された空っぽの車椅子を指差す。

「ルゥの車椅子？　あれがなんだって………あれ？」

改めてそれを見てベルカにも分かったようだった。

ルシオッラの車椅子は肘掛け部分が綺麗《きれい》になくなっていた。

「あ！　肘掛けがない！」

「あの肘掛けの部分がもう一つの義足だったんだ」

「ええ！」

「そう。ルゥの車椅子は特製だった。中でも肘掛けの部分は独特な形をしていて、それはエリゼオさんがデザインしてくれたものだと、ルゥが俺達に言ったんだ」

板バネと留め具部分がうまくドッキングされていて、車椅子の部位としてすっかり組み込まれていたから、自然と見逃していた。

ルシオッラはいつでも第二の脚を持ち運んでいたし、いつでも付け替えることができたというわけだ。

イヴァンを襲った時のことは改めて訊《き》くまでもない。

実際の犯行現場である111号室とルシオッラの部屋は近い。

イヴァンを襲った後、俺達を303号室へ誘導し、その間に死体や証拠を隠した。

大の男の死体をそう簡単に運べるものだろうかと疑問に思っていたけれど、ルシオッラなら自分の車椅子に乗せて運べば大人の男の体だって楽に運ぶことができる。

イヴァンの死体はまだ見つかっていないけれど、どこへだって運べる。

「そうだったの……あんた……あんたがやったのね！　チクショウ……何にも知らないって顔して……騙《だま》しやがって！」

長らく突きつけられていたナイフにも多少慣れて幾分余裕が出てきたのか、カティアが恨めしそうな声を上げた。

「シーアレイツの研究資料なんて何も知らない、欲しけりゃ勝手に探せなんて言って！本当は全部あんたが仕組んだことだったんだろ！　この出来損ないの小娘がぁ！」

進退窮まった彼女の怒声は思わず怯《ひる》んでしまうほどの迫力があった。それでもルシオッラは凪《なぎ》の日の海のように顔色ひとつ変えずそれを受け止めていた。

「お祖父様《じいさま》の遺品整理をしている中で、偶然見つけたあの日誌。あれを読んだ日にルゥの人生は、過去は……様変わりした。お祖父様は小さい頃からルゥがいくらせがんでも昔のことを何も聞かせてくれなかった。その理由がよく分かった」

やっぱりルシオッラはすでにエリゼオの日誌を見つけていたんだ。

そして壮絶な彼の過去を知り、祖父の意思を継いだ。

「ジ……ジジイが過去にしでかしたいざこざを知ったからって何よ！　そんなことであんた……自分の人生棒に振って私達《たち》を次々に殺してってたっての⁉」

「アポロニア」

「は……？」

「人体実験の最中、お婆様《ばあさま》によって産み落とされた子供アポロニア。それがルゥの母様の名前だ。よく覚えておけ」

ルシオッラはすれすれまでカティアに顔を近づけてそうささやいた。イタリア語で話す彼女の口調にはゾッとするような力があった。

「日誌に書かれていることは遠い昔の御伽噺《おとぎばなし》なんかじゃなく、ルゥの人生に繋《つな》がる現実のお話だった。この脚も、お祖父様《じいさま》が人目を避けるように生きて死んでいったことも、みんな……みんな……シーアレイツとかいうワケのわからない薬のせいだった。母様はルゥをこんな足に産んでしまったことを嘆き続けてた。悲しみ続けていた。その末に心を病んで、最後はお父様を巻き込んで海に身を投げた」

両親の死は事故……じゃなかったのか。

「お祖父様も人生を失った。誰とも繋がらず、島から出ず、絵だけを描き続けて死んで行った。全部お前達の研究がもたらしたことだ」

祖父の遺志。

過去の後始末。

復讐《ふくしゅう》。

「お祖父様は最後の力を振り絞って『蒼泳《そうえい》のシーアレイツ』を描き上げ、世間に発表した。適正な価格を付けた相手に作品を譲ると添えて」

「ああ、昨日、確かそんなことを言っていたな」

そう言ってフィドが記憶を辿《たど》るような様子を見せる。

「なるほど。それがシーアレイツを求める連中をここへ誘《おび》き寄《よ》せる罠《トラップ》だったわけか」

愉快だ、とでも言うようにフィドは牙を剥《む》き出《だ》す。

「結局その適正な価格ってなんなの!?」

「1コペイカ」

「え？　サクヤ、なんて……？」

「1コペイカ……だったんじゃないか？　エリゼオの日誌の中にヒントがあったんだ。かつての研究チームの仲間同士でだけ言い合ってたジョークだって」

コペイカは主にロシア等で現在も使われている補助通貨だ。

「日本円にしていくらだったかは俺も知らない。でも、とんでもなく価値が低いってことだけは確かだ」

「そ、それじゃ……エリゼオの最後の作品に最安値を付けた人だけが正解ってこと⁉　そんな値段……誰も付けないよ！」

「ああ。そのジョークを知ってる奴《やつ》以外はな。だからこそ、誘《おび》き寄《よ》せる餌になる」

シーアレイツ。そして1コペイカ。それらの情報を得てエリゼオの旧友達は全てを察したに違いない。

エリゼオ――いや、かつて袂《たもと》を分かったユーリが接触してきたと。

そしてエリゼオは1コペイカを付けてきた相手にのみ島の情報を与え、指定した日時に訪ねてくるよう伝えた。

それは分かる者にだけ分かるメッセージ。

島へくればシーアレイツの研究資料をやる――そういうメッセージだ。

研究資料――彼らにとってそれはエリゼオが描き残した作品以上のお宝だ。

そしてイヴァン、ライル、カティア、ドミトリの四人はやってきた。

長年雲隠れしていたユーリ。死に際にようやく研究資料を渡す気になったかと踏んで、佇む者達の館《デモニアカヴィラ》にやってきた。

「でもいざ来てたらエリゼオはすでに死んでた！　そこには事情を何も知らない孫娘と、

新人の給仕《メイド》しかいない。ふざけんなって話よ！」

カティアは鬼のような形相で怒声を発する。

「お祖父様《じいさま》は……絵を描き上げ、仕掛けを施した後……力尽きたように死んじゃった」

「フン。そこで貴様らは急遽《きゅうきょ》親戚だとルシオッラに嘘《うそ》をついて館に滞在することにしたわけか？　滞在中、秘密裏にこの館のどこかにある研究資料を探せばいいとでも思ったんだろう。世間知らずの孫娘なら騙《だま》せるとでも踏んだか？」

「そっか。それで親戚のふりをしてたんですね」

ゆりうが感心しながらフィドの頭を撫《な》でる。

「そうよ！　孫娘が……自分は何も知らない。売りに出したのもこっちにコンタクトを取ったのも、みんなエリゼオが生前代理人に頼んでやったことだからって言うからさ！　仕方ないから私らで勝手に探し出して、そんでとっとと持ち帰る予定だったのよ！　なのに嵐は来るし！　あんた達《たち》みたいなヘンテコな集団も乱入してくるし！　余計に家族ごっこをしなきゃならなくなったわ！」

彼らにとっても色々と想定外のこと続きだったということらしい。

「ところがその孫娘はみんなお見通し……どころか、しっかりエリゼオの遺志を引き継いでいたってわけか。飛んで火にいるなんとやらだな」

だとするなら、そんな絵を描いたルシオッラの精神力と行動力は凄《すさ》まじい。それでも――。

「全てがルゥの計画通りに進んだわけじゃなかった。俺達《たち》が嵐に遭って館を訪ねてくるなんてこと、予想しようがなかったはずだ」

「だろうな。よりにもよって消したい連中を招待した同じ日に探偵がこぞって漂着してきたんだ。その点はルシオッラからしてみりゃ不運以外の何物でもなかっただろうぜ」

それでも――俺が探偵だという話を聞いた後でもなお、ルシオッラは計画を中止しなかった。

標的が一堂に会し、外は滅多《めった》にない絶好の嵐の晩。

この日を逃せば他に機会はないと考えて踏み切ったんだろう。

「それは困難な道だったかもしれない。でもむしろルゥは俺達を証人として利用することで不可能犯罪を演出する方向へ舵《かじ》を切ったんだ」

イヴァンの時がまさにそうだ。俺達がラウンジに一堂に会しているタイミングを狙って内線を掛け、３０３号室が犯行現場だと思わせる。そうすれば『一階の自室で眠っていた、足の不自由な自分』は容疑者から外れる。

「でも不運と言えば最初の事件、ハービーさんの一件もだ。彼が訪ねてくることも、その後の彼の死もまた想定外のことだった。ルゥ、そうだろう？」

ルシオッラは返事の代わりに目を閉じた。

多分彼女は今、長い長いこの一日のことを思い出している。

「あれは試練だと思った。グラフィオと、そしてルゥの目的の前に立ち塞がる神様からの試練」

一人の少女の人生を賭けた戦いを邪魔する試練。

けれどそれが逆に彼女の心に炎をつけたんだろう。

ルシオッラは想定外のハーピーの死すらも咄嗟《とっさ》に計画に取り込んで、セイレーンという架空の犯人を演出しようとした。

同時に、通常の事件ならもうこれで解決だと思えるほどの迫真の独白をしてみせ、以降の事件の容疑者候補から外れようとした。

「グラフィオのことを守ろうとしたルゥの想《おも》いは本物だったんだろう。でも同時にあの時すでにキミはその後の犯行……真の目的に意識を向けていたんだな」

挫《くじ》けそうになる自分を鼓舞していたのか、それとも葛藤も恐れもなかったのか、それは俺には分からない。

けれどとにかく、不屈の精神だ。

「あの……それは分かったんですけど……でも……カティアさんって」

そこでずっと何かを考え込んでいた様子だったゆりうが久しぶりに発言した。

「エリゼオさんの昔の研究仲間……じゃないですよね？　だって年齢が合いません」

「確かにカティアさんがエリゼオさんの当時の友人なら、今は七十歳を軽く超えているはずだ。でも、それについては簡単だよ。要するに長い年月の中でチームも引き継がれていったんだ。違いますか?」

こちらの問いにカティアは表情を険しくさせたが、結局観念したように口を開いた。

「そうよ。ちなみにイヴァン……あいつはエリゼオの同僚だった男よ。本当の名前はイサーク」

「イサーク……」

エリゼオの日誌に出てきた名前だ。確かにエリゼオと年齢感は合う。

けれど続いて聞かされた事実は耳を疑うものだった。

「それからドミトリ、あいつも同じよ」

「同じ?」

「だから、あいつも当時の研究チームの一員だって話。名前はボリス」

「ボリス!? イサークと並んで名前の出てた!? でも、彼はどう見ても……」

子供だ。

カティアは俺の反応を面白がるように口角を上げた。

「フン。あいつはチームの中でも特に頭のおかしい奴《やつ》だった。なんせ研究過程で生まれた薬をあれこれ投与しまくってたんだから。その結果、七十歳を超えてるって噂《うわさ》なのに、見た目だけは十代のままを保ってた」

「な、七十⁉」

「見た目だけよ。中身はもうボロボロ。体力もないんだから。それに昼間に太陽の下で見れば綻びはあちこち出てたし、人に言えないようなやばい副作用もあった。例えば首元の発疹《ほっしん》とかね。スカーフで必死に隠してたみたいだけどさ。フン、所詮は副産物。上手《うま》い話はないのよ」

彼は自分の肉体をも実験台にしていたのか。

カティアは俺達《たち》を驚かせることができて多少満足げだ。

「ドミトリが実際にはそんな高齢なんだとしたら……それならカティアさん、あなたは彼の……」

「母親だって？　そんなわけないじゃない」

俺を睨《にら》み返し、カティアは吐き捨てるように言う。

「逆よ、逆。私があ・い・つ・の・娘なの。あんまり認めたくない事実だけどね」

一瞬、彼女は遠い目をした。

「結局、私らのやってる研究は、確立するまではどこまで行っても明るみに出せない内容だからね。極秘の研究を受け継いで内輪でやってんのよ。だから今回だって他人に任せたりしないで、自分達の足でこの島まできた。研究の核心に迫るような大切な資料を、金で雇ったどこかの誰かに委ねたりなんてできないからね」

「でも、中にはそうは考えなかった人もいるみたいですね」

「フン……ライルのことね」

そう。彼は自分のことをトレジャーハンターだと言った。

おそらく非合法な金で誰かに雇われて送り込まれたんだろう。

「あいつは私らとは違った。研究の成功なんてどうでもいい、金で雇われた無法者《アウトロー》だった。信用なんてできるはずない。だから……」

「だから油断させて毒殺した？」

カティアは悪びれもせず肩を「そうよ」とすくめた。

「そもそも私達《たち》はね、長年の間に派閥ができあがっちゃってたのよ。他のやつを出し抜いて自分の手でシーアレイツを完成させてみせるってね」

「お祖父様《じいさま》はきっとあなた達のチームの不和をどこかで察知して、その競争心をも利用しようとしたのよ」

ルシオッラは冷たくそう言い放つ。

「ハッ。かもね。それでゾロゾロと誘《おび》き寄《よ》せられて一網打尽にされてちゃ世話ないわ」

対してカティアは半ばやけくそ気味だ。

「もう話はおしまい。あとはこの人だけ。シーアレイツを求める者をこの世界からいなくする」

　ナイフがカティアの首に浅く突き立てられる。

「待てルゥ！」

「待たない。ルゥの全身と全霊をかけて終わらせてみせる。そう誓った。迷いはない」

「なら、その存在を知ってしまった俺達のことも殺すのか？」

「サク……それは………」

　しないだろう。ルゥはそんなことをしない。

　分かっている。分かっていて意地悪なことを聞いたんだ。

「キミの恨みは分かる。分かち合うことはできないかもしれないけどさ……体に呪いみたいなものを植え付けられてしまったその気持ちは分かるんだよ」

　迷いはない？

　ルゥは嘘《うそ》が下手だ。

　俺は震えるルシオッラの指先に手を伸ばす。

「キミのお祖父さんは、キミにこんなことを願ったのか？　復讐《ふくしゅう》を引き継いで欲しいなんて言ったのか？　身寄りのなくなったキミを引き取って大切に育ててきたのは、キミに幸せになって欲しかったからじゃないのか？」

　ほら、ルゥ。

頼むからこの手を取ってくれ。

あと少しだ。そうだ。

そんなナイフは捨てて、こっちに手を伸ばしてくれ――。

「ざーんねん。時間よ」

大富豪怪盗《セレブリティ》による宣告。

同時に、建物全体が大きく揺れた。

まるでミサイルでも降ってきたみたいに――。

いや……違う。降ってきたんだ。

ミサイルが！

「そんな！　まだ六時にはなってないだろう！」

俺は時計を振り返る。

「それってそこの柱時計のことを言ってるの？　あれ、十分遅れてるわよ？」

「何……？」

「ああ！　ホ、ホントだ！　サクヤァ！　もう……！」

ベルカが青ざめた顔で愛用の懐中時計を俺の方へ向けてくる。

針はすでに六時を指していた。

「時計が……遅れてた……？」

確かめるようにウルスナさんの表情を窺《うかが》う。目が合った彼女は分からないというように首を振った。

柱時計の針を――。

「シャル……！　遅らせたのか！」

「どうだったかしら？　そんな証拠は、ないわねぇ」

シャルディナは口元でピースサインを作り、魅力的な笑顔をこちらに見せた。

続いて恐ろしい爆発音が連続して館の外で響いた。

沖から島へ、トマホークミサイルが降り注いでいる。

やがて館の上にもそれは落ちてきた。

天井にヒビが入り、破片と砂埃《すなぼこり》、そしてシャンデリアが落下してくる。

「みんな！　体勢を低くしろ！　館の外に逃げ――」

逃げてどうする？

ミサイルはこの小さな島全体を襲っている。

出せる船もない。

逃げ場なんて……ないのに。

シャルディィナ。彼女はミサイルの降り注ぐ中、威風堂々ソファに座っている。

自分には決して当たらない。当たるはずがない。そう確信しているみたいに。

「ちょっと待ってよぉ！　本気で館をぶっ潰すつもり!?　そんなことしたら……研究資料があぁ！」

轟音《ごうおん》の中、カティアが赤子のように叫びながら身を捩《よじ》る。

俺達《たち》とルシオッラの間に太い柱が倒れてきて、耳をつんざくような音を立てた。

「朔也《さくや》様！　危険です！」

「ダメだ！　ルゥを助ける！」

倒れた柱を乗り越えようとした瞬間、窓ガラスを突き破って俺の真横にミサイルが着弾した。

直後、床が風呂の栓を抜いたみたいに大きくたわみ下へ沈み込んでいった。

俺は、自分の右腕が吹き飛ぶのを見た。

きっと、そこここでみんなが互いに声を掛け合っているはずだ。

でも俺の耳は爆発の衝撃ですっかり麻痺《まひ》していて、何も聞こえなかった。

無音のまま、俺の体は瓦礫《がれき》と一緒に奈落へ落ちていった。

そうして俺は死――

□

死ぬわけにはいかないんだよ。まだ！

俺は血を吐きながら腹の上に乗っていた瓦礫を押し除《の》け、立ち上がった。

「ゴフッ……ぐ……リリテア……リリィ！　ルゥ！　みんな！」

落ちた先はあの地下空洞だった。

凄《すさ》まじい爆撃によって館の底が抜けたんだ。

一緒に崩れ落ちてきた瓦礫が山となって俺の前に積み上がっていた。

崩落によって空いた大穴から、朝の美しい日差しが差し込んでくる。

きっとこの場に日の光が入り込むのは数万年ぶりのことだろう。

「リリテアちゃん！　大丈夫!?」

背後でゆりうの声がした。もうもうと立ち込める砂埃《すなぼこり》を払いながら声を掛ける。

「ゆりうちゃん！　そこにいるのか！　無事か!?」

「師匠！　あたしは平気です！　でもリリテアちゃんがあたしのことを庇《かば》って怪我《けが》を……！」

「かすり傷です。リリテアは平気のへ・・ーざでございます」

「わーん！　強がってー！」

砂埃の向こうにリリテアとゆりうの姿があった。二人ともかすり傷で済んでいる。でも、一瞬肝が冷えた。

「フィドとベルカは………」

続けて仲間の安否を確認しようとした時、俺は瓦礫《がれき》の頂上に奇跡みたいに綺麗《きれい》な姿を見た。

「…………ルゥ」

全身で日差しを受け、ルシオッラ・デ・シーカが立っていた。

洋服はボロボロに破れ、額からは真っ赤な血が一筋、迷いなく流れ落ちている。

その下から肌があらわになった彼女の鍛えられた肉体は、見惚《みほ》れるほど引き締まり、心掴《つか》まれるほど力強かった。

まるでアスリートのように——神話の生き物みたいに。

「ルシオッラ！」

俺よりも先にその名を呼んだのはウルスナさんだった。彼女は俺から少し離れた位置にいて、そこからルシオッラのことを見上げている。

足を怪我《けが》しているのか、肘を使って必死に主人の元へ向かおうとしている。

「もう無茶《むちゃ》はしないでください！　お願いよぉ！」

彼女は必死で呼びかけたけれど、ルシオッラは全く別の方向を見つめていた。

その先にいるのは——。

「アッハッハッハァ！　なんてことかしらぁ！」

カティアだ。

水の中から半身を出し、体をくの字に折り曲げて狂ったように笑っている。水中に隠れることで難を逃れたのか。

カティアは水の中を指して叫ぶ。

「ここ！　この場所だったのね！　『イリナ・レポート』！」

「なんだって⁉」

俺は急いで近くの瓦礫を駆け上った。

「はっ！」

その途中、俺は瓦礫の下に人が埋まっているのを見た。

着ているその服からそれが誰なのかすぐに分かった。

「イヴァン……！」

彼は111号室で襲われた後、ここへ運び込まれていたんだ。遺体の傍《そば》には愛用していたステッキが転がっている。そしてステッキの柄には乾いて固まった血液が付着していた。

彼は背後からあれで殴られて絶命したということなんだろう。

こんな形で発見することになるなんて――。

執着を振り切りながら瓦礫を登る。

やがて俺は見晴らしのいい場所まで登ると、そこから海の中を覗《のぞ》き込《こ》んだ。

見える――。

あんなに暗かった地下空洞も今では崩落の影響で光が差し込んでいる。

光が真っ暗だった水の中を鮮やかに照らし出している。

水中の壁面――その途中の窪《くぼ》みに、密閉された金属の箱のようなものが沈められていた。

長年の浸食で錆《さ》びつき、そして様々な海洋生物が付着している。

「あれよぉ！　あれに違いない！　エリゼオ……あんなところへ隠してやがったのね！

キャッハッハ！　けれどシーアレイッ！　これで完成する！」

真っ暗な地下空洞。その下の水の中。

本来は誰も視認できないその場所にエリゼオは過去の遺物を沈めた。

なのに、そこへ光が差し込んでしまった。

目の前の光景に俺と同様、ルシオッラも目を見開いていた。

エリゼオが『イリナ・レポート』をどこへ隠したのかまでは、ルシオッラも知らなかったのか。

頭上でまた爆音。続いて地下全体がズズズと鈍く揺れた。

爆撃はまだ止《や》んでいない。

その揺れの影響で今にも窪みから箱がずり落ちそうになっている。

窪《くぼ》みの下は完全な奈落。さらに沈んでしまえば、回収は困難になる。

「い……急いで引き上げなきゃ！　あれくらいの深さならまだ！」

それを察してカティアが慌てて海中へ潜ろうとする。

「ダメ！」

ルシオッラが瓦礫《がれき》の上から跳躍し、カティアに掴《つか》みかかる。

「邪魔すんじゃねー！」

乾いた銃声。

ルシオッラの体が一瞬硬直した。

やがて水面に血が広がっていった。

「ルゥ……！　ルシオッラァ！」

考えるよりも先に俺の足は前へ出ていた。

「近寄るなぁぁ！」

カティアの放った弾丸が俺の太ももを貫く。

俺は構わず水の中に飛び込み、ルシオッラに手を伸ばした。

キュヒィィィ――！

その瞬間、水の中から真っ白い影が立ち現れた。

雄大な海洋生物。

かつては白い悪魔――今は、ルシオッラのたった一人の友達。

「グラ……フィオ」

ルシオッラが弱々しくその名を呼ぶ。

「ガフッ……!?　な……なん……!?」

グラフィオは一瞬にしてカティアの体をその顎《アギト》で捕らえていた。

まるでエリゼオの隠したものを守る番人みたいに。

いや、違う。

グラフィオはただ友達を守ろうとしただけだ。

「なにすん……だよ……テメ……！」

カティアは腰に噛《か》みつかれて身動きが取れない。それでグラフィオに向かってピストルを乱射した。

グラフィオの白い体に穴が空き、鮮血が流れる。

「やめて！　グラフィオ！　もういい！　いいから！」

けれどグラフィオは決して獲物を放さなかった。

「はなぁ……せ……！　ね、ねぇ！　ちょっと！　本気!?　え!?　し……死ぬじゃん！　ガボ……！　私……こんなとこ……で……やだ！　が……!?　ゴボボ……！」

カティアは最後までもがいていたけれど、水の中で海の王者に敵《かな》うはずもなかった。

容赦なく水の中へ引きずり込まれ、やがて動かなくなった。

戦いを終えたグラフィオは滑らかな動きで再び海面に顔を出すと、ルシオッラに寄り添うみたいにして小さく尾ビレを振った。

キュヒ
ルシオッラはそんな友達に答えるように頬《ほお》を擦り寄せる。

「ありがとうグラフィオ……ごめん。ごめんね……」

その時、一際大きな揺れがあたりを襲った。

頭上からさらに大小の瓦礫《がれき》が落ちてきて、海面を泡立たせる。

『イリナ・レポート』が海底深くへずり落ちていく。

「サクヤ！　こっちこっち！」

元気のいい声が響いてそちらを向くと、ベルカが瓦礫の山の向こうで手を振っているのが見えた。隣にフィドもいる。

「無事だったのか！」

「そんなことはいいから急いでー！　ここ、もう崩れるよ！」

ベルカは地上へ続く階段を指差す。昨夜ここへ降りてきたときに使ったあの階段だ。

ゆりうがウルスナさんに肩を貸して階段の方へ向かうのが見えた。

「ルゥ！」

俺は再びルシオッラに手を伸ばす。

「一緒に来い！」

こちらの呼びかけに、けれどルシオッラは振り返ってはくれない。

「もう全部終わった！　逃げるんだ！　一緒にここを出るんだよ！」

頼むよ。頼むから――。

「ルゥ！」

彼女は――そこでようやくこっちを見てくれた。

「サク……どこ？」

「……俺はここだよ。こっちだ」

その瞳にはもう光が宿っていなかった。

焦点の定まらない視線を虚空に向けている。

「ルゥ……血をね………流しすぎたみた、い。もう、ダメね」

ルシオッラの腹部から止めどなく血が流れ出ていく。

彼女は傷口を押さえることもやめて、グラフィオの大きな体に背を預けた。

「全部、終わった……？」

「……ああ。終わったよ。だから……」

ルシオッラは力なく首を振る。

「戻れない。ルゥはたくさん殺しちゃったから……ね」

その体が少しずつ斜めに傾いて水の中に沈んでいく。

「待て……こっちだ！　こっちに来るんだよ！　行くな！　そっちじゃない！」

水を掻《か》き分《わ》けて近づこうとした時、俺とルシオッラの間にグラフィオが割って入った。

ルシオッラの小さな体を護《まも》るようにヒレで包む。

誰にも渡さない――。

彼女《グラフィオ》はそう言っていた。

「ルゥ！」

「ね……グラフィオ。外は……広いんだろう……ね」

グラフィオがその大きな牙をルシオッラの服に引っ掛ける。

そして二人は一緒に沈んでいった。

直後、巨大な瓦礫《がれき》が俺の目の前に落ちてきて、俺の体は水飛沫《みずしぶき》と一緒に大きく後方へ飛ばされた。

「朔也《さくや》様！」

そんな俺の体を受け止めてくれたのはリリテアだった。

「早くこちらへ。皆様、もう避難しておいでです」

「リリィ……俺は……俺はさ……」

「ほら、立ってください！」

リリテアは俺の肩を掴《つか》んで揺らす。

でも、俺は体を動かすことができないでいた。

「救えなかったよ……。誰も。誰もだ！」

「朔也！」

感情に任せて言葉を吐き出す俺の頬《ほお》を、リリテアが叩《たた》いた。

腰の入った、いい平手だった。

「泣き言は後！　さあ、立ちなさい！」

雨のように岸壁が崩れ落ちる中、リリテアは俺を引っ張って懸命に地上を目指した。

その間、リリテアはずっと怒ったような顔をしていた。

いや、間違いなく怒っていた。

「リリィ…………ありがとう」

俺の言葉にも何も反応を示さなかった。

きっと爆撃の音にかき消されて彼女の耳には届かなかったんだろう。

そう思いかけた頃、リリテアは前を向いたままこう言った。

「おバカな人」

その横顔は、本当に綺麗《きれい》だった。

エピローグ：蒼泳《そうえい》

空は誰かが塗ったみたいに鮮やかな蒼《ブルー》だった。

浜辺には魚や貝が無数に打ち上げられていて、それを海鳥達《たち》が競うように突《つつ》いている。

嵐は過ぎ去った。

地中海で発生した稀有《けう》な嵐は、各地で甚大な被害をもたらしたという。

もちろんそれは後で知った情報だ。

「師匠、どうですか？」

「行けそう？」

ゆりうとベルカが横から顔を出してくる。

「多分。でも応急処置だよ。パレルモに戻るのが精一杯」

俺は船底から体を出し、思いっきり伸びをした。

朝から仰向《あおむ》けで船体の下に潜りっぱなしだったから体がバキバキだ。でもこれでようやく出港できる。

「お疲れ様でした。ところで朔也《さくや》様、頭の上をヤドカリが歩いていますよ」

リリテアが自分の頭を指して教えてくれる。

俺はヤドカリを桟橋の柱の袂《たもと》に放してやり、少し離れた場所で丸太に腰をかけていたウルスナさんに歩み寄った。

「足の具合はどうですか？」

「怪我《けが》の応急処置はしていただきました。私は平気かつ元気です」

彼女は微笑《ほほえ》んで添え木された足を見せてくれた。

「本当にいいんですか？　一緒に町へ送りますよ？」

そう提案したけれど、ウルスナさんは首を振った。

「私はここに残って警察の方を待つことにします」

俺達《たち》は一旦パレルモへ戻り、画廊島《ガレリア・イソラ》での事件を地元警察に伝えるつもりでいる。

もちろん警察から訊《き》かれたことは素直に話すつもりでいるけれど、洗いざらいを話すかと言われれば、それはちょっと約束できない。

「そうですか。分かりました」

そこで一瞬俺とウルスナさんの間で沈黙があった。

別に気まずかったわけじゃないけれど、俺はつい尋ねてしまった。

「ウルスナさん、どうしてあそこまでしたんですか？」

「……何がでしょう？」

「写真を見せた時、ルゥのことを庇《かば》いましたよね。その他にもあなたはいろんな場面であの子のことを気にかけていた。かけすぎてた」

それは単なる給仕《メイド》と主人という関係性を超越したもののように、俺には見えていた。

ウルスナさんは一瞬泣き笑いのような表情を浮かべた後、こう言った。

「あの子の母親は……アポロニアは、二度目の結婚でルシオッラのことを産んだそうですが、一度目の結婚の時にも一人の女の子を授かっていたんですよ」

「……まさか、あなたは」

浜の向こうでは、ベルカとフィドがじゃれ合っている。流れ着いた小枝をベルカが拾い上げ、それをフィドの鼻先で揺らす。

ベルカが小枝を遠くへ放り投げる。けれどフィドは全くそれに反応せず、一歩も動かない。

投げた当人は「もー！」と文句を言いながらそれを拾いに走って行った。

「選手生命を絶たれた後、生きる目的を失っていた私を陰ながら援助してくれていたのが、エリゼオお祖父様《じいさま》でした。手紙のやり取りだけで実際にお会いしたことはありませんでしたが……。私に異父妹がいると知ったのはそんな時」

もう一度ベルカが小枝を投げる。それを追いかけて勢いよく駆け出した。ゆりうが。

「いつか、会いに行きたいと思った。でも勇気が出なくて……まごまごしているうちにお祖父様が亡くなられて、あの子は一人ぼっちになったと知った。それで今度こそ会いに行く決心をしました。実際に会ったあの子は、本当に純真で愛らしくて、宝石みたいだった。私の、宝物になった。でも……姉だとは言い出せませんでした」

「どうして……ですか？」

「あの子は、ずっと島の外を怖がっていました。自分の家族はお祖父様《じいさま》だけ、それ以外は何もいらないと頑《かたく》なに思い込んでいた。今更会ったこともない女が突然現れて、あなたの姉だなんて……言えなかったんです」

「だからせめて給仕《メイド》として一緒に暮らすことを選んだ」

「あの子を支えているふりをして、実際は私がすがっていたんです。空っぽの私が」

爆撃と崩落が収まった後、手分けをして探したけれど結局グラフィオもルシオッラも――どこにも見当たらなかった。

「いつかは……打ち明けなきゃ。そう思っていたんですけど、ね。私……本当に、バカですね……」

彼女の嗚咽《おえつ》は微《かす》かな潮騒《しおさい》に溶けていった。

画廊島《ガレリア・イゾラ》はあちこち地面が抉《えぐ》れ、館も半壊していた。

そんなことを指示した張本人はというと――桟橋の先端に立って水平線を眺めていた。

その先には例の潜水艦が停泊している。もう帰り支度はできているというわけだ。

「謎解き、ご苦労様」

背後から近づくと、振り返る素振りもなくシャルディナが口を開いた。

「思えば、シーアレイツこそがエリゼオの処女作だったのかもしれないわね。研究者として生み出した最初で最後の、呪われた作品」

カルミナの差し出す日傘の下、深紅のドレスが風に揺れる。

「みんな吹き飛ばしちゃったけど、楽しかったからいいわ。さて――」

「……このまま逃すとは思ってないよな？」

挑発すると、左右に立っていたカルミナとアルトラが物騒な表情でこちらを睨《にら》んできた。

「それ、朔也《さくや》にできるの？　かなりフラフラしてるけれど」

「どうかな。それとも、決着は改めてレギンレイヴでつけるか？」

それが当初の目的地だ。

「レギンレイヴ？」

シャルディナは「愉快だわ」と笑う。

「そうね。そんな約束もしたわね。だけど朔也、もうそんな場所へ行く必要はないのよ」

「……必要がない？」

「なぜって、もうここに来ているから・・・・・・・・・よ」

その時俺は沖に何か巨大な影を見た。

それはもうずいぶん前から視界に入ってはいたんだろうけれど、シャルディナとの会話に気を取られて今まで見落としていたらしい。

その影は見る見るうちにこちらに近づいてくる。

それは圧倒的な質量で俺達《たち》の前に立ち現れた。

とてつもなく大きく、頑強で、威圧的な――。

「あれが私の別宅、空母レギンレイヴよ」

「島……じゃないのか……」

「あら、私の経済特区はその辺りの島よりずっと大きいわよ?」

迎えの小型ボートが迅速に栈橋に横付けされる。

ボートに待機しているシャルディナの新たな部下達はもれなく武装していた。

シャルディナはカルミナとアルトラ、二人に支えられてボートに乗り移る。

それから彼女はこちらを振り返り、当たり前みたいに右手を差し出してきた。

「一緒に乗っていく?」

俺は、答えることができなかった。

「無事に日本へ向かう保証はできないけれど、ね」

大富豪怪盗《セレブリティ》がくすくす笑う。

「……あら、揃《そろ》いも揃って怖い顔」

気づけば俺の後ろに皆が揃っていた。

リリテア、ゆりう、フィド、ベルカ。

皆、平気なふりをしているけれど、怪我《けが》の痛みを堪《こら》えている。

この状態でシャルディナの懐へ入るわけにもいかない――か。

双方の間に張り詰めた空気が流れる。

やがてシャルディナがつまらなそうに息を吐いた。

「まあいいわ。昨夜、朔也《さくや》とは充分お話できたし、今回はここまでということにしましよ」

彼女が合図をすると、ボートはエンジン音を響かせて沖へ戻っていった。

俺達はシャルディナと、その向こうに横たわるレギンレイヴをじっと見つめていた。

□

「さあ、出発だよ！」

「ほら、師匠！　乗って乗って！」

「お、押すなよ！」

修理を終えた俺達の船はなんとか無事に海に浮かんでくれた。

すでに去って行ったシャルディナの空母と比べるとなんとも情けない、木の葉みたいな船だけれど。

「ベルカ、今度は操舵《そうだ》を誤るなよ。もちろん！　信じて信じてー」

俺達《たち》を乗せた船はゆっくり島を離れる。

桟橋でウルスナさんが手を振っている。

彼女はもう泣き止《や》んでいた。

不意に何かが込み上げてきて、俺は島から顔を背けた。

背けた先、間近にリリテアの顔があった。

「うわ！　びっくりした！　なんだよリリテア」

「朔也《さくや》様」

「いやー、今回も散々な目にあったな」

「……お体は平気ですか？」

リリテアはどこか浮かない顔で俺の袖を引っ張る。

「体？　そりゃ疲れはしたけど、ご覧の通り体はピンピンしてるよ。むしろそれだけが俺の取り柄で……」

よく知ってるだろ？　と腕を回して見せる。それでも彼女の顔は晴れない。

「それに今回はいつもと違ってギリギリ死ななかったし。ほら、爆撃の時」

なんとか安心させようとそう付け加えてみた。

我ながらあの時はよく無事だったと思う。

その点に関しては自分を褒めてやりたい。

けれど――。

「朔也様……覚えていらっしゃらないのですか？」

リリテアはキュッと眉を寄せる。

「朔也様はあの時、死・ん・で・お・い・で・で・し・た・よ」

「え？」

死んでいた？

「いや、そんなはずはないよ。現に俺は地下に落ちた後、すぐに立ち上がって……」

「いいえ。朔也様は大きな瓦礫《がれき》に体を潰されて……確かに亡くなっておいででした。ですが私が駆け寄る間もなく、蘇《おかえ》りになられたのです」

恐ろしい早さで――とリリテアは言った。

「一瞬で……生き返っていた……？　俺が？」

だから、自分でも死んだことに気づいていなかったって言うのか？

人が一瞬のうたた寝に気づかないように――。

そんな速度で生き返ったことは今までになかった。

今まであの時、一体何が違ったというんだ？

「あ……」

いや、思えば少しずつ短くなっていたじゃないか。

生き返るまでにかかる時間が――。

それが意味するものはなんだろう？


――今、世界の裏側で大きな渦が起き始めている。そしてその渦は朔也《さくや》、あなたの不死を中心に回っているのよ。


俺の体に何が起きている？

とその時、船体が大きく揺れて、体勢を崩したリリテアが俺の胸に飛び込んできた。

「おっと！」

間近で目が合う。

リリテアは慌てた様子で俺から体を離……すかと思ったのに、そうはしなかった。

俺の腕に縋《すが》ったまま、一層心配そうに見上げてくる。

その綺麗《きれい》な瞳に地中海の青空が映り込んでいた。

「えっと……ご、ごめん」

なんで俺が謝ってるんだ。

「師匠ー。今の揺れ、大丈夫でした？ また船から落ちたりしてませんよね？」

俺を心配して船の後方からゆりうがにうっと顔を覗《のぞ》かせる。

俺は慌ててリリテアから離れて頭を掻《か》いた。

それからごまかしついでに抗議の意味を込めて「ベルカ！」と操舵室《そうだしつ》に呼びかけた。すぐに「ごめーん！」と返事があった。

それでなんとなく、さっきまで胸の内に広がっていた不穏な思考は消えてしまった。

「とにかく、俺は平気だよ。全くリリテアは心配性だな！ さあ、みんなで帰……」

――……

なんだ？

今何か――。

遠く沖の方で何かが聞こえた気がして、俺は顔を上げた。

耳と目をすませ、音のした方向を探る。

でもどこを向いても優しげな水平線が広がるばかりで、何も見当たらなかったし、聞こえなかった。

何も——。

「リリテア……今…………」

「どうされました？」

「…………いや、勘違いかな」

一度空を見上げてから大きく息を吸い込んだ。

舳《へさき》が波を割るたびに白い飛沫《しぶき》が頬《ほお》をかすめていく。

それはなんだか柔らかな羽毛みたいに見えた。

海鳥だか、天使だか、セイレーンだか、そういったものの羽根だ。

ところでリリテアにはああ言ったけれど、やっぱり俺は確かに聞いた。

聞いたんだ。

海の果てに。

それは甲高くて、どこか不安定で——けれど愛を知る人の歌のような——。

「リリテア」

「はい」

「針を使わず縫い目も残さずシャツを作る……そんなことってできると思う？」

「スカボロー・フェアですか。それは難題ですね」

リリテアは少しの間考えてから「ですが」と言った。

「一本の糸から編み込んでいけば、いつかは完成するかもしれません」

思わぬ答えに、その鮮やかさに、俺は言葉を返すことができなかった。

リリテアは少し照れ臭そうに俺の顔を窺《うかが》ってくる。

「この答えでは不足でしたでしょうか？」

「……いや、うん。そうだな」

不可能はない。

ないんだよ。

そうだろ？

なあ――ルゥ。

グラフィオ！　こっちよ！

【キル・ワンダーの日常】

「人間の脳にも隠しコマンドみたいなものってあるのかな？」

僕からのふいの質問に、上終石羽砂《かみはていしはずな》は口をまん丸に開けて固まった。

何か言葉を返そうとして、そして結局何も言えなかった人の顔だ。

「そんなあからさまに困らないでくれよ羽砂ちゃん」

「あ、いや、その、すみません。で、なんですか？　隠しコマンドって」

羽砂ちゃんは僕の作業部屋のソファに座って、僕が淹《い》れた特製の紅茶を楽しんでいたが、律儀にカップをテーブルに戻してから会話の体勢に入った。

「ほら、ゲームでよくあるじゃないか。説明書には載ってない秘密のコマンド。コントローラーのボタンを決まった順番に押したりしてさ。ゲーム、やらない？」

「あんまりやりませんねぇ。先生って意外にゲームっ子なんですね」

「かなりやったよ。特にレトロゲームが好きでね」

「いいですよねレトロ！　歴史を感じられて」

なんともペラペラに薄っぺらい言葉だ。絶対よさなんて分かってない。だが可愛《かわい》げがあっていい。

新米編集者の羽砂ちゃんは大学出たての二十二歳。その無策な素直さは失わないでいて欲しいものだ。

「でさ、隠しコマンドを入力すると大抵ゲームのキャラクターは強くなるんだけど」

「入力するだけで？」

「そう。なんのアイテムも必要とせず、努力なしで抜群に強くなる」

「そんなのズルじゃないですか」

「ズルだよ。だから、そんな夢みたいな事を現実にもできたりしないだろうかって話」

「はあ……。あのですね哀野《かなしの》先生、原稿の追い込み中に何を考えてるんですか」

「追い込み中の締め切り間近だからだよ！　こんな時隠しコマンドがあったらいいのになあ！　絵を描く速度が三倍になるとか！」

僕は漫画家をしている。

名義は哀野泣《きゆう》。

現在連載中の作品は『サモトラ家のニケさん』。首のない人外ヒロインが自分の首を切って持ち去った殺人鬼を追うドタバタ・推理アクション漫画だ。

掲載誌は今時らしくウェブ雑誌。

創刊当初は誰からも注目されていない弱小雑誌だったけれど、ここ最近立て続けに話題作が生まれて雑誌自体も注目を集めつつある。

「ズルしないでちゃんと机に向かって頑張ってください。せっかくこの頃先生の作品にも読者が増えてきているんですから」

「脳を自由にできたらなー」

「え、まだその話続ける気ですか？　でもそんなこと無理ですよ。大掛かりな外科手術でもして脳をパカっと開こうとでも言うんですか？」

「それは面倒くさい！　そんな時間もない！　でもほら、人がものを考えるとき、脳内に微弱な電気信号が走るって言うだろう？」

「言いますね。ニューロンとか？　でしたっけ」

「そうそう。だったらその電気信号のパターンの組み合わせでコマンドを作って、脳の隠れたスイッチを押したりできないかな？」

「う？　うーん？」

「ある決められた単語や風景を、一定の順番、間隔で思い浮かべることで電気信号のパターンを脳に送るわけだよ。例えばスパゲティ、イシガメ、ケミカルウォッシュ、皇太子、馬に踏まれるダチュラ、火《ひ》焚祭《たきさい》、チューインガム、エドガー・アラン・ポー、ハート形の流れ星」

「全く関連性がないですね」

「ないね。だからまず地球上の誰もこんなものをこんな順番で思い浮かべたりしない」

「そっか。偶然そのスイッチを押す人なんて何億人に一人。だからこそ隠しコマンドってわけですね！」

「お、ノッてきたね！　そういうこと！　これらの言葉の羅列を呪文と呼んでもいいし、脳の解凍コードと呼んでもいい。それを読み込ませることで脳の潜在能力を引き出すことができたら最高だよね！」

「ですね！　走るのが速くなるとか！」

「推理力やＩＱが跳ね上がるとか！」

「不死身の体も手に入れちゃったりして！」

「あー……それも、いいねぇ」

そこで言葉の応酬は途切れた。

表の小道を走る郵便配達のバイクの音が耳に届く。

ここは住居兼作業場として郊外に借りている一軒家で、居住者は僕一人だ。奥まった場所にひっそりと建つ物件なので静かでいいけれど、それでもたまにああして配達員の気配を感じることがある。

「ま、神様が内緒で人間の脳にそんなコマンドを忍ばせていたらの話だけどね」

「なんですか急に梯子《はしご》を外して。でもなんだかそれ、面白いですね！　漫画のネタとして案外いけるんじゃないですか？」

「いけないよ。こんな観念的で分かりにくい話、僕の漫画の読者層には刺さらないって確信がある」

「そうですか？　先生って変なところでリアリストですよね」

「僕の漫画は芸術品じゃないからね。ってわけではい、完成」

「わ！　原稿描きあがったんですか⁉　話してるうちに⁉」

描きたての原稿を羽砂《はずな》ちゃんに渡すと、彼女は飛びつくようにそれを読み始めた。

今月から僕の担当編集になったばかりだけれど、なかなかやる気があってよろしい。

「ネームの時点で分かってはいましたが、やっぱり面白いっ！　面白いですっ！」

くるりんと内側に巻いたボブカットを揺らしながら原稿の出来栄えを喜ぶ様は、どう見てもまだ高校生だ。

「ふぅ……」

彼女が原稿をチェックしている間、僕は作業椅子に座ったまま大きく伸びをしてから机の脇に積んだままにしていた郵便物に目を移した。

そこにはきれいな桜色の封筒が山積みになっている。

「では先生、今月の原稿確かにいただきました！」

羽砂ちゃんが元気よく立ち上がる。

「あー、うん」

「おやや？　どうしたんですか？　せっかく修羅場を乗り切ったというのに元気ないですね。疲れちゃいました？　だから日頃からアシスタントさんを雇ってくださいと言ってるのに」

「そうじゃないよ。ただ、この頃気がかりなことがあってね」

「え！　それは大変よくないですね！　聞きましょう！　担当として！」

「君がー？」

「そ、そりゃまだ前任の先輩ほどは頼れないかもしれませんが！　私も私なりにですね！」

羽砂ちゃん、可愛《かわい》らしい眉を一生懸命に吊《つ》り上げている。

「うんうん。分かったよ。ありがとね。気になってるのはこれなんだ」

と、僕は机の上の封筒を一つ手にとって掲げて見せた。

「封筒……誰かからのお手紙ですか？　あ！　もしかしてファンレターー！」

「当たらずとも遠からず」

僕は封筒から手紙を取り出して広げた。

「これね、僕の初めてのファンからの手紙なんだ」

「やっぱり！　いいですね。最初のファンが今でもこうして手紙を送ってくれるなんて」

「そうだね。でもこの子、今じゃ完全に闇堕《やみお》ちしちゃってるんだよね」

「え？」

「細かい内容は割愛するけど、簡潔に言って手紙には僕のことを殺すと書いてある」

「ええっ⁉」

手紙の差出人はどうも『サモトラ家のニケさん』に登場する二枚目刑事にゾッコンらしいが、色々あってそのキャラクターへの愛が暴走してしまったらしい。

「殺すって……それ脅迫じゃないですか！」

「そうなんだろうねー」

「何をのんびりとした態度で！」

羽砂《はずな》ちゃん、僕を心配して本気で怒っている。きっといい両親に育てられたんだろうな。

「もも……もしかして先生の机の上に山盛りになってるその手紙……全部？」

「そうだよ。ぜーんぶ同じ子から届いたもの」

「直接先生のところにですか⁉　っていうか今気づきましたけど、普通ファンレターって編集部宛に届くはずですよね⁉」

「普通はね。でも、どうにかしてここの住所を調べたんだろうね。なかなかの執念だ。ついに僕にもこういう熱狂的ファンってやつがついたんだなー」

「それ、もはやファンじゃなくて立派なストーカーですよ！」

「ちなみに手紙はこれ以外にも二、三百通ほど届いてる。あっちの資料室に保管してるけど、見る？」

「危険です！　すぐに編集部に相談しましょう。それと警察にも——」

「いいや、必要ない」

我が担当の実直さは好ましいけれど、今はその真っ直《ます》ぐさをちょっと自制してもらいたい。

「え！　どうしてですか!?」

「この一件、警察に放り投げるには惜しい。僕はあえて個人的にもっと深く関わってみたいと思ってる」

「……はい？」

僕の宣言を聞いて羽砂ちゃんはなんともまの抜けた声を上げた。

「なんですかそれ……？　惜しいって。ちょっと意味が分からないんですが……」

「だから−、もったいないって話。僕はこの手紙を書いた人物に興味をそそられてるの。個人的に調べてみたい」

「そんなっ！　相手は悪質なストーカーで……！」

「単なる脅迫なら僕もこんなにこだわったりしないよ。実際手紙の内容も、言ってしまえばこの手の行き過ぎたファンの主張としてはありきたりなものだし」

「それならどうして」

「ちょっとね、手紙の中に出てくるとある漢字が気になるんだ」

「漢字？　どんなの？」

本人は気づいていないらしいが、羽砂《はずな》ちゃんは気を抜くとたまに学生っぽい言葉遣いが漏れ出てくる。

「幽霊」

「ゆーれい？　『幽霊』っていう文字に何か気になることでもあるんですか？」

「教えなーい」

「えー！　ここまできて秘密だなんて！　私編集なのに！　担当なのに！　そんな私に隠し事だなんて！」

「羽砂ちゃん、それ、ちょっと重いなあ」

「なんでそんなことゆーの!?」

羽砂ちゃんは悔しそうに地団駄を踏む。現実にこんなアクションしてる人、初めて見た。

「そりゃ私は先生の担当になってまだ日が浅いですが！　伊豆原《いずはら》先輩のような実績もありませんが！　情熱は誰よりも持っているつもりです！　先生のサポートをできるようでも死ぬ気で頑張る所存でして……！」

「若い子が死ぬなんて簡単に言うもんじゃないよ」

人はよく自分の命を何かの代償に捧《ささ》げようとする。まるでそれ自体に特別な価値や力があって、投じればとりあえず石炭か何かみたいに物事へのエネルギーが得られるとでも思っているみたいに。

命にそんな価値はないのにねぇ。

「君の気持ちは嬉《うれ》しいけど、これは僕の家宛に届いた手紙。つまり個人的なものだ。僕が関わらないでくれと言ったら話はそれでおしまいだよ」

ピシャリと撥《は》ね除《の》けると羽砂ちゃんは「うぅ」と唸《うな》った。

その様子を見てちょっとかわいそうになってきたので、それとなく話題を変えることにした。

「伊豆原君と言えばさ、彼、まだ連絡ないの？」

けれどその名前を出した途端、羽砂ちゃんの顔が曇った。

しまった。どうも話題を間違えてしまったらしい。

伊豆原君は僕の前の担当編集だった男だ。

伊豆原臣斗《おみと》。

二十六歳。

趣味は登山とスキー。

興味のなかった漫画編集部に配属されて最初はかなり戸惑っていたらしいけれど、後にやりがいを見つけてメキメキ実績を上げていた将来有望な編集マン——だった。

「まだ何も……。伊豆原先輩、どうしちゃったんでしょうね……。先生の担当としてあんなに仕事に熱心だったのに、急に編集部にも来なくなっちゃって……」

「もう一ヶ月になる？」

「……はい。一応警察には届けを出してあるんですけど、手がかりはないそうです」

「そっか」

僕は作業椅子に背を預けて天井を見上げた。

そっかそっか。

「とっても心配です……」

僕らの間では珍しく、ちょっと長い沈黙が流れた。

その果てに羽砂《はずな》ちゃんは「でも」と小さく呟《つぶや》いた。

「なに？」

「いえ、その………えへ。でも、先輩の後任として先生の担当になれたので、私としては複雑……と言いますか……」

「羽砂ちゃん」

「去年の出版社のパーティーで初めてお話しさせていただいた時から、いつか先生の担当になれたらってずっと思っていたので……その」

「嬉《うれ》しいことを言ってくれるね」

「あ！　いえ！　不謹慎でした！　今のは聞かなかったことに！　何卒《なにとぞ》ー！」

「別に誰に吹聴《ふいちょう》するようなこともしないよ。僕に友達がいないこと、知ってるでしょ？」

「それは知ってますけど……あ……すみません」

「正直者め。自分から言っといてなんだけど、これでも少しくらいはいるんだからな。ほんの少しは」

「そうなんですか？」

本気で驚いてる。

僕、そんなに孤独に見えるのかなあ？

「いるよ！　こないだ一人できたんだ！　取材先のホテルで偶然ね！」

「……それ、女の子じゃないですよね？」

「男の子だよ！　なんだその目は！　やましいお友達じゃないよ！」

「ふーん」

「信じろよ！　大体仮に女の子だったとしてそれがなんだってんだよ。君に僕の交友関係や恋愛事情を縛る権利はないはずだぞ！」

「それはまあ、そうなんですけど。先生は今漫画家として大事な時期ですからね。あれこれとうつつを抜かしている場合じゃないということだけは進言しておきます」

「分かってるよ」

当たるも八卦当《はっけ》たらぬも八卦の精神で出版した『サモトラ家のニケさん』第一巻が編集

部の予想を裏切って重版出来《しゅったい》となって以降、周囲の大人達《たち》がにわかにやる気を出している。

さっき触れた『立て続けに生まれた話題作』の一つは僕の漫画だったりする。

おかげで漫画家としてあれだけ空っぽだった先々の予定が近頃次々に埋まり始めている。

「思えばデビュー当時の作風をガラッと変えたのは大正解でしたね！　一読者として最初は私も戸惑いましたけど、刺激的で大変面白いです！」

自分の作品がたくさんの人に読まれるのは嬉《うれ》しいけれど、無闇に忙しいのも困りものだ。

「本業に響かなければいいんだけど」

「何かおっしゃいました？」

「んー。そろそろネタのストックも切れてきたからどうしようかなって話」

さりげなくごまかす。でもネタが欲しいのも事実だ。

「ああ、それは私としてもあれこれ提供してお力になりたいとは思ってるんですけど、いかんせんなかなかどうして……」

「期待してないよ」

「そんなっ！」

「だからさ、話は戻るけど、今僕はこれに心惹《ひ》かれてるって話」

僕は桜色の封筒に手紙を納めて机の上に戻した。

「何か面白いネタが拾えれば……ってね。仕事熱心でしょ？」

「気持ちは分かりましたし、それを言われると担当として止めるわけにもいかなくなっちゃいますけど……ネタのためだからってあんまり無茶《むちゃ》なことはしないでくださいね。そんなに刺激的なネタに走らなくっても先生ならありふれたネタからでも面白い漫画が描け……」

「ありふれた？　それだけじゃダメだね。曲がりなりにも漫画家を名乗るなら未知を既知に、既知を未知に描かなきゃ」

「どういうことですか？」

羽砂《はずな》ちゃんの眉がぐぐーっと中央による。この漫画家また何か言い出したぞ、という表情だ。

「どうもこうもなくそのまんまの意味だよ。まだ描かれていないことを描いて人に知らせ、すでに誰もが知っている当たり前のことを全く新しいもののように描く。どちらか一方だけじゃダメ。それが表現者ってものだと僕は思う」

「んな……なるほど。……なるほど？」

本当に分かっているんだろうか。

「要するに普通のことをしていたんじゃ面白くないってことですか？」

「だいたいその通りだけど、そんな安易な言葉に置き換えるとせっかくの僕の名言がイマイチに聞こえるからやめて」

「こっちの方が人には伝わりやすいと思いますけど……まあ私も先生の物作りへのこだわりや矜持《きょうじ》を否定するつもりはありません」

「君は本当に僕のことをよく分かってるね。新人とは思えない」

「なんですか急に褒めたりして……あっ！」

そこで羽砂《はずな》ちゃんは自分の腕時計を見て声を上げた。

「いけない！　もうこんな時間！　急いで原稿を持って編集部に戻らなきゃ！　先生、原稿ありがとうございました！」

「はいはい。お疲れ様」

「でも次からはもう少し早く上げていただけると嬉《うれ》しいです！　お疲れ様でした！」

ちゃっかり編集者として僕に釘《くぎ》を刺してから彼女は家を飛び出していった。


「今日も騒がしかったなあ」

羽砂ちゃんが去ると家は途端に静かになる。

そのまま僕はしばらく時計の針を眺めていた。攪拌《かくはん》された部屋の空気が再び普段のそれに戻るのを待ちながら。

時計を眺めるのに満足すると、僕は椅子から立って恭しい足取りで隣の資料室のドアを開けた。

資料室という名前の通り、中には書架が並んでいて、そこには古今東西のあらゆる本が行儀よく収まっている。几帳面《きちようめん》なのは昔からだ。

足元に置いた段ボールには桜色の手紙が溢《あふ》れんばかりに入っている。

例の闇落ちファンからの手紙だ。

僕はその全てに目を通している。

だってファンは大切にしなきゃ。

資料室の奥にはさらにドアがあって、それは六畳程度の小さな洋室に繋《つな》がっている。

僕はそのドアをゆっくりと開けた。

「もう大丈夫だよ」

気遣いながら暗い部屋の奥に声をかけたが、相手からの返事はない。

ま、当たり前か。

部屋の天井から吊《つ》るされている男と目が合う。

吊るしたのは僕で、吊るされているのは伊豆原臣斗《いずはらおみと》だ。

彼はまだ生きている。

でもガッチリと猿轡《さるぐつわ》を噛《か》ませているので返事なんてできるはずもない。

「羽砂ちゃんは帰ったからね。安心していい」

心からの思いやりを持って羽砂ちゃんが去ったことを伝えると、男は二度三度と瞬《まばた》きを繰り返した。

「うん。さぞ怖かったろうね」

伊豆原臣斗《いずはらおみと》。

彼はここ一月ほど失踪中——と、思われている。

編集部の上司も同僚も、家族だってそう思っているだろう。

だがそれは彼の意思じゃない。

仕事に疲れたとか誰にも告げずに自分探しの旅に出たくなったとか、そういうんじゃない。

あれは彼が姿を消す前の晩のことだ。

伊豆原臣斗は職場から徒歩で自宅に帰っている途中、背後から車に追突されてかなりの重傷を負った。

深夜、人通りのほとんどない小道だったこともあって、彼は誰にも発見されず死にかけていた。実際、放っておけばそのまま死んでいただろう。

彼を轢《ひ》いた車は一切停車する素振りを見せず、そのまま夜の闇へ走り去っていった。

道路にブレーキ痕は見当たらなかった。

つまり運転手は故意に彼を轢いたんだ。

どうして僕がこんなに詳しく語れるのかって？

そりゃ僕がその一部始終を目撃していたからだ。

偶然ね……いや、偶然ってわけでもなかったんだっけ。

とにかく、そうして現場に居合わせた僕は何をしたかというと、動けない伊豆原君を担いで自分の車に乗せ、この自宅に運び入れた。

医者にも警察にも知らせずに。

それから彼を懸命に手当し、食事を与え――この場所に逆さ吊《づ》りにした。

手も足も首もガッチリ固定して一切動けないようにして。

彼の両足は見事に粉砕骨折していた。すぐに添木でもして処置していれば治っただろうけど、こんなふうに事故直後から逆さ吊りにしたんじゃもう二度と骨は元通りにくっつかないだろう。

なんでそんなことをしたのかって、道端でか弱い生き物が死にかけていたらハンカチか何かに包んでとりあえず家に持って帰るだろう？

小学校の頃、そういうことやらなかった？

解剖するとか、墓を作ってやるとか。

その時も僕はそれをしただけだ。

「今、無事に原稿を描き上げたところでね、気分がいいんだ」

僕は鼻歌を歌いながら伊豆原《いずはら》君に近づいた。

「今日は筆のノリもよかった」

交代したとはいえ、元は僕の担当だった男だ。一応仕事の進捗を共有しておく。

「君の後任の子、よくやってくれてるよ。ちょっと暑苦しいところもあるけど」

僕は逆さまの目を間近から覗《のぞ》き込《こ》む。

「本当に、生きた心地がしなかっただろうね。伊豆原君のことを轢き殺そうとした犯人が……同じ家にいたんじゃさ」

もったいぶるようなことでもないからさっさと言ってしまうけど、伊豆原臣斗《おみと》を轢《ひ》いたのは羽砂《はずな》ちゃんだ。

これに間違いはない。僕は運転席でハンドルを握る彼女の顔をバッチリ見た。

意識を取り戻した伊豆原君にそのことを教えた時、彼は心底驚き、恐怖していたっけ。

なぜあんな天真爛漫《てんしんらんまん》な子が同僚を轢き殺そうとしたのか、最初は分からなかった。

でも伊豆原君の後任として羽砂ちゃんが僕の担当に選ばれ、何かと接するようになってすぐに気づいた。

羽砂ちゃんは僕の担当になりたくて伊豆原君を消そうとしたんだって。

もちろん実行に移すまでに部内でそれとなく準備は進めていたと思う。伊豆原君がもし会社を去るようなことがあった場合に、確実に自分が後任に選ばれるように。

それだけ彼女の熱意はすごかった。

狂気を帯びていた。

持ち前の明るさと愛嬌《あいきょう》で気づかれないようにしているみたいだけれど、僕の目はごまかせない。

羽砂ちゃんは愛や憧れのために他者の命を踏《ふ》み躙《にじ》ることのできる、素晴らしい女の子だ。

世間の人々はそれを、そしてそんな特性を抱えた彼女のことを歪《ゆが》んだ存在、邪悪な者として捉えるだろう。

それは別にいい。でも歪んでいるのはそこだけだ。

本当に、それ以外において羽砂ちゃんは本当にいい子だ。

気配りができて、人の気持ちを察する優しさを持っていて、頑張り屋さん。

そこも含めて僕は羽砂ちゃんのことを結構気に入っている。

だから彼女には手を出さず、今後もしばらく漫画家と編集として付き合ってみようと思う。

「そうそう。羽砂ちゃん、伊豆原君のことを本当に心配してたよ。今日だってそうだった」

僕が連れ去ったんだから当たり前だが、伊豆原君の遺体は翌日以降も発見されず、特に大きな報道もされていない。

だから――もしかして殺し損ねたのではないか。

いつか彼が警察を引き連れて編集部に乗り込んでくるのではないか――。

羽砂《はずな》ちゃんはそう心配している。

ちなみに僕が伊豆原《いずはら》君を保護して家に監禁していることは彼女には秘密にしている。でも羽砂ちゃんが伊豆原君を殺そうとした犯人だという事実は、もう伊豆原君には伝えてある。

だから僕はさぞ怖かっただろうと彼の心中を察しているわけだ。

「それにしても伊豆原君の生命力はすごいよ。人間ってこういう状態でも結構生きるんだね」

僕は彼から離れて明かりのスイッチに手を触れた。

パッと部屋が明るくなる。

壁、床、天井――。

その部屋のあらゆる場所に大量の写真が貼られている。

全部僕が貼った。

それは僕がこれまでに殺した相手の写真だ。

国籍、年齢、性別を問わず、あらゆる人との思い出がここにある。

どうしても伊豆原君に見て欲しかったから、初日に張り切って飾り付けたんだ。その時の僕の心は子供の頃にクリスマスの飾り付けをした時みたいに弾んでいた。

この一月、伊豆原君は訳も分からないままこの写真を眺め続けていたというわけだ。

さて、機は熟した。

「嬉原耳《うれしばらみみ》。それが僕の名前だ。よく覚えておいてくれ」

僕は改めて伊豆原君に自己紹介を始めることにした。

「と言っても、これも本当の名前とは違うけれど、まあ概《おおむ》ね嬉原耳で通ってる」

伊豆原君は事情が飲み込めていない様子だ。

「知っての通り僕は漫画家をしている。元担当だった君にはいうまでもないことだね。だけど本業は別にあるんだ。そう、本業。それは人を殺すこと——なんだよ。それが生業《なりわい》で、天職なんだ。そしてその軌跡がコレ」

と、部屋中に貼った写真を示すと、ようやく彼も何かを察した。

その日は「お前は誰なんだ」と問いかけている。

「僕は哀野泣《かなしのきゆう》じゃない。本物の哀野泣はもうこの世にはいないんだ。かつて新人賞にギリギリ引っかかり、それから漫画家の端くれとなった彼は僕が殺してしまったんだよ。そして僕が彼の顔と名前を引き継いだ」

当時、僕は脱獄したてで東京に潜伏していた。そんな時に哀野泣と出会った。

彼なら僕にフィットする。

直感的にそう思った。

それで昔から持ちつ持たれつの闇医者に頼んで哀野《かなしの》そっくりに顔を整形してもらった。もちろん漫画家という肩書きも引き継いだ。

おかげでちょっと、いやかなり作風は変わっちゃったけど。一応これでも彼の作風を真《ま》似《ね》ようと努力はしたんだけどね。

羽砂《はずな》ちゃんは去年パーティーで僕と会ったと言っているけれど、それは僕じゃない。生前の、本物の哀野泣《きゅう》だ。

「なんでわざわざ漫画家なんかと入れ替わって目立つ生活をするのかって顔だね。簡単だよ。警察や世間からビクビクしながら隠れて暮らすなんてことは僕のプライドが許さないからだ。入れ替わった先の人生も全力で謳歌《おうか》してみせる。僕はそう決めている」

僕はそういう人間だ。

ニンゲンだ。

「急にこんなことを聞かせてごめんね。でも僕のこと、君に全部知っておいて欲しかったんだ。知った上で、あの世へ行ってもらいたかったんだ」

伊《い》豆《ず》原《はら》君の目が見開かれる。

「そうだよ。僕は今から君を殺す。伊豆原君には一足先にあっちへ行ってもらって、それで……あー、神様でも閻魔《えんま》様でもいいんだけど、そういう存在に洗いざらい僕のやったことを告げ口しておいて欲しいんだよ」

今まで殺した相手に、僕は一人の例外もなく同じお願いをしている。

欠かさずそうしている。

僕は前もって部屋の隅に用意しておいた大きなタライを彼の頭の真下に置いた。

伊豆原君は逆さの涙を流している。

「生きたいだろうね。でも申し訳ない。もうそうするって決めたんだ。それに大体君だって僕の家から腕時計だの高級万年筆だの、金目のものをそれとなくちょろまかしていただろ？　うん？　気づいていないと思った？　すぐに分かったよ。打ち合わせの度に物がなくなるんだからね。で、悪いとは思ったけど君の素性を調べさせてもらった。生い立ちから何から洗いざらいね。君、若い頃からちょっと手癖の悪い子だったみたいだね」

前科はついていなかったから、コソ泥とも言えない可愛《かわい》らしいレベルだったけれど。

伊豆原君のことを調べる日々はなかなか面白かった。一人の人間には抱えきれない無数のドラマがある。

それに調査のために張り付いていたおかげで伊豆原君が羽砂ちゃんにはねられる瞬間を目撃できたのだから、なおさら意義深いことだったと言える。

「君は君なりに抑えようのないその性《サガ》を背負って今日まで立派に生きてきたんだね。その大変さ、よく分かるよ」

話しかけている途中で、僕はもう伊豆原君の喉元にナイフを深く刺し込んでいた。

滝のように流れ出した血があっという間にタライを満たしていく。

伊豆原《いずはら》君はずいぶん長い間体を痙攣《けいれん》させていた。

「本当はもう少し君との共同生活を続けるつもりでいたんだけど、ちょっと遠方へ出かけなきゃいけない用事ができたんだ。だから、少し早めに殺すことにしたよ」

そうして僕は親愛なる伊豆原君のことを、心を込めて殺した。

「今までありがとう伊豆原君。それじゃあ向こうでよろしくね」

*

その日のうちに遺体をきれいさっぱり片付けると、翌日僕は一張羅を着込んで家を出た。

そして愛車で街まで出る間、カーオーディオでプログレッシブ・ロックの名盤をガンガンにかけまくった。

ダッシュボードに無造作に置いた、例の熱烈なファンレターが目に入る。

「大ファンからの手紙。気になるんだよなー」

気になったことは調べてみないと気がすまない性分だ。

原稿は上げたばかりだから羽砂《はずな》ちゃんや編集部からの邪魔が入ることもない。

さあ、これからちょっとした取材旅行といこう。

でも……。

「一人で行くのもつまらないなあ」

せっかくなら友達を誘いたい。

「友達……トモダチ………あ！」

考えながら運転していると、通りに面したカフェの前を通り過ぎた。

その窓際の席に僕は彼の姿を見つけた。

これは伊豆原《いずはら》君の時とは違って正真正銘、本当に偶然だ。

「さっくんだ！」

僕はもう嬉《うれ》しくなってしまってすぐに車をUターンさせた。

【ひどく不気味な形の歯車《スプーキィ・ギア》】

俺は褒められた人間じゃない。

当然、立派な刑事でもない。

それくらいの自覚はある。

社会から犯罪をなくしたいだとか、すべての弱者を救いたいだとか、別にそんなヒロイックな目標を掲げて警察手帳を掲げているわけじゃないからな。

なべて世はこともなし。

地球よ、善いことも悪いこともそこそこに乗っけたまま回っていてくれ。

でも、あくまでそこそこだ。

それがミソなんだ。

行き過ぎはよくない。

ちっともよくない。

最初の七人《セブン・オールドメン》。

あんな連中がのさばるとなると事情も色々変わってくるってもんだ。

そこそことか程々なんてことは誰にも言ってられなくなるだろう。

騒乱、暴力革命、国家転覆——果ては最終戦争か？

俺の親父《おやじ》世代に流行《はや》ったSFじみた話だが、ヤツらはそれをやりかねない、できかねない存在だと聞いている。

要するに絶妙なバランスを保ってた世界を引《ひ》っ掻《か》き回《まわ》してオシャカにしてしまうような連中だ。

となるといくら立派じゃない刑事さんでも流石《さすが》に「好きにさせとけ」とは言えなくなるわけだ。

ちょっとくらい腰を上げて頑張らないとな。

とは言えだ——。

「いいですか漫呂木《そぞろぎ》刑事、必ず独房からは一定の距離を保っておいてください」

看守が緊張した表情で注意点を説明する。

「S・O・M対策チームのあなたなら心配はいらないとは思いますが……」

「やめてくれ。そんなのはついこないだ押し付けられただけの役職だ。だがまあ、噂《うわさ》のご尊顔を拝めるなら注意事項は守るさ」

とは言えだ。

まさか自分がセブン《S》・オ《O》ールドメン《M》専門の対策チームに配属されるとは思ってなかった。

どこかのヒーローが常軌を逸した罪人どもを一掃してくれることを期待していたのに。

だが所詮俺は公僕。

やれと言われたらやるしかない。

しかしこれは出世と言っていいのか？

うーん。どうも違う気がする。

まあ愚痴はいい。

今はやることをやるだけ。

「こちらです」

看守に案内されながら廊下を進む。

途中、何人かの若者とすれ違った。男もいたし、女もいた。

「なあ、さっきからすれ違ってるの、あれは看守……」

俺は前を歩く看守に尋ねた。

「じゃないよな？　服装が違う。まさか囚人か？　勝手に出歩かせていいのか？」

「いいえ。囚人じゃありませんよ。でもおっしゃる通り我々看守とも違います」

「じゃあなんだ？」

「オートワーカーです」

「オー……おう」

よく分からなかった。

面倒なのでそれ以上問いただすことはせず、素直に後に続いた。

やがて目の前に一際重厚な扉が現れた。

ガッチリと閉ざされている。

「しかし本気なんですか？　面会するだなんて」

「本気も冗談もない。仕事だからな」

「そうですか……」

「だいたいこっちは選《よ》り好《ごの》みなんてできないんだよ。今となっては最初の七人《セブン・オールドメン》の中でまだ脱獄をしてないのは唯一、ここにいるヤツだけなんだからな」

「そう……ですね。開けてください」

看守が無線でコントロール室に合図を送ると重厚な扉が左右に開け、奥へ進む通路が現れた。

「ここを一人で進んでください。その先に彼女がいます」

「人物……彼女……ねえ」

その言い回しが気になったのでそっちを見ると、看守は気まずそうに俺から目を逸《そ》らした。

「あ、いや……」

まだ若い。その目を見る限り仕事への情熱は消えてはなさそうだ。

「いいですか、くれぐれも電子機器の類《たぐい》は身につけないように」

「それはさっき聞いたよ。だからスマホも時計も置いてきた。もう行く」

手ぶらの両手をひらひらさせながら通路を進み始めると、再度後ろから若い看守が声をかけてきた。

「それから漫呂木《そぞろぎ》さん、最後にもう一つ」

「まだあるのか？」

「彼女の素直さにほだされないように気をつけてください」

「……なんだそりゃ？」

素直なのはいいことじゃないか。

将来俺に子供ができるとしたら、ぜひそんな子に育って欲しいもんだ。

上からのお達しでやってきたここは屈斜路《くっしゃろ》特級刑務所。

刑務所としての歴史はまだそれほど長くない。だがそれだけに最新の設備を整えた先進的な施設となっている。

真新しいその通路はたっぷり五十メートル近くも続いていた。

そしてまた扉。

扉は俺の到着と同時に待ってましたとばかりに開いた。天井に設置された監視カメラから俺を確認したんだろう。

特別房はその先に広がっていた。

余計なものがなにもない真っ白な空間。

その真ん中にガラスケースみたいな部屋が一つだけ。

まるで無菌室——いや、美術館みたいだ。

「360度強化ガラスに覆われた独房か。別にオールドスクール《古典的》な鉄格子でもいいだろうに、やたら雰囲気作るね」

ポケットに手を突っ込んで透明な独房の周囲をぐるりと歩く。

独房の中央には灰色のボールが転がっている。

直径は一メートルにも満たない。

どの角度から見ても同じ。面白みはない。

「……なんだこれ？　飾ってあるのか？」

一瞬、ここが本当に美術館のように思えた。

そんなわけはないんだが。

「いや……待て、そもそも、どこだ？」

俺は独房の周囲を完全に一周し終えていた。

それなのに、肝心の囚人の姿はどこにも見当たらなかった。

「おい、いないぞ」

これは独り言じゃない。カメラ越しに聞き耳を立てているに決まっている看守連中に向けた言葉だ。

「よその房から連れてくるのが遅れてるのか？」

すると数秒の間の後、マイクを通した看守の声が部屋に響いた。さっきの若いのとは別の看守だ。

「いいえ漫呂木《そぞろぎ》さん。そこが彼女の独房なのです。彼女はそこにいます」

「はあ？　ふざけてるのか？」

こんな近未来的な場所で禅問答か？

「ふざけてはいません。資料をお読みになっていないので？」

「着任早々読まされたよ。姿形も写真で確認してる」

「おそらくそれはアクティブ・モードの姿でしょう」

アクティブ？

「彼女は今あなたの目の前にいますよ」

「目の前って……おい、それじゃまさかアレが……？」

全てを察した瞬間、房の中の球体から声がした。

「緊張しているようだな。漫呂木薫太《そぞろぎかおるた》警部」

まるで俺の理解を根気強く待っていたようなタイミングだった。

それは低く、理知的な声だったが、声帯そのものに荒っぽくヤスリをかけたような無機質な声でもあった。

「失礼。ここへ人間が訪ねてくるのは久しぶりだったので、ついスリープ・モードのまま出迎えてしまった」

次の瞬間、単なる灰色の球体に過ぎなかったそれがパーツごとにあらゆる方向に動いた。

連動し合うそれぞれのパーツはパズルみたいに別の形に組み上がっていく。

「お待たせした」

ものの五、六秒ほどで目の前の球体は高さ三メートル近くもありそうな人型のロボットに姿を変えた。

俺の中の少年が思わずこうつぶやかせる。

「変形ロボかよ……」

人型と言っても、それは手足がついていて二本の足で直立している——というだけで、実際には人とは似ても似つかない。

全身無骨なメタリックグレーの材質。

顔の中央に点灯している緑色のモノアイ。

剥《む》き出《だ》しの関節部から感じる印象は重機や兵器そのものだ。

全く、カマしてくれるね。

だがここで気圧《けお》されてる場合じゃない。

俺はあえて一歩前に出て相手の目――らしき場所を見た。

「お初にお目にかかるってわけだな。夢見し機械《アンドロイド》」

「初めまして。だが漫呂木薫太《そぞろぎかおるた》、私のことはフェリセットと呼んでもらいたい」

「名前にこだわりでも持ってるのか？　人間みたいに？」

「その通りだ。こだわりを持っている」

こちらの挑発にも乗らず、ヤツはそう言った。


フェリセット。

通称は夢見し機械《アンドロイド》。

懲役638年。

最初の七人《セブン・オールドメン》の一人に数えられる大罪人だ。

大罪人……だが、ご覧の通りフェリセットは機械《ロボット》だ。

人間じゃない。

百%純粋な機械だ。

そして――。

「誰もいない時は先ほどのようにスリープ・モードになっているんだ。ほら、球体なら寝返りも楽だろう?」

知能を、人格を有している。

ある一人の科学者が狂気的な執念と理念の果てに造り出した人格搭載型独立ロボット
――それがフェリセットの正体だ。

フェリセットは機械である。にもかかわらず人の法の下、罪を裁かれ、こうして刑務所に収監されている。

そして最初の七人《セブン・オールドメン》に数えられている。

話せば少々長い。

俺からしてみれば理解の及ばない不気味な存在だ。

そんな思いを抱えた俺をフェリセットがじっと見下ろしてくる。

「今のはジョークだったんだが、笑えなかったかな?」

言葉を発するたびにフェリセットの目が点滅する。

「つまり厳密に言えば私には睡眠も再起動の必要もないのだが、あえて寝返りという生物的習慣を……」

「機械のジョークは硬くて聞いてられないな。もう少し油を差せ」

とりあえずそんなふうに言葉を返すと、途端にフェリセットの体からピコンピコンとヘンテコな音が鳴った。

「面白い。今のは笑えた。勉強になる」

え、今の笑い声だったのか？

「漫呂木薫太《そぞろぎかおるた》、緊張しているのに大したものだ」

「……さっきも言ってたな。俺が緊張してる？　どこをどう見たら……」

「体表面に微量の発汗を確認。心拍数も上昇中」

こちらの言葉を待たず、ヤツは淡々と俺に関する情報を読み上げた。

正解だ。

一瞬で見抜きやがった。

「申し訳ない。肉体をスキャンさせてもらった」

そんなこともできるのか。

この無骨で異様な機械ボディにはあらゆる機能が備わっているらしい。

「無事出所したら健康クリニックにでも就職しろ」

ピコンピコンピコン
「ピコピコうるさいぞ！　無駄話はおしまいだ！　俺が今日ここへ来たのはお前の話し相

手になるためじゃない。死刑執行の時間を告げに来たんだよ。だから――」

「また体温が上がった。漫呂木薫太、嘘《うそ》はよくない。最初の七人《セブン・オールドメン》の情報を私から聞き出すこと。君の目的はそれだろう？」

「……チッ。ああそうだよ」

俺はポケットから両手を出して広げた。

「結局あれこれスキャンされるんじゃ下手に腹芸をしたって仕方がないから正直に言うが、お前なら何か知っているんじゃないかと思ってな。それともお仲間の情報を売るのは鼓動も体温もない機械《マシーン》でも流石《さすが》に気が引けるか？」

脱獄した最初の七人《セブン・オールドメン》の情報。それは実際俺達《たち》のチーム、いや日本政府が喉から手が出るほど欲しがっている情報だ。

ヤツらは当初世界各国の堅牢《けんろう》な刑務所に収監されていたが、この数年で示し合わせたかのように次々に脱獄していった。

最終的にその決定打となったのは最初の七人《セブン・オールドメン》を追い詰め、捕らえた立役者、不死の探偵・追月断也《おうつきたつや》の死だと言われている。

当然、脱獄を許したそれぞれの国の政府や司法は責任を問われ、今も世界各国からバッシングを受けている。

面目丸潰れというヤツだ。

けれどこの屈斜路《くっしゃろ》刑務所に収監されているフェリセットにだけはまだ脱獄を許していない。

おかげで日本は今、国際犯罪やテロの分野において世界での発言権を強めつつあったし、対ＳＯＭの旗振りとも見られ始めている。

今となってはこのフェリセットだけが唯一まだ脱獄を果たしていない、会いに行ける最初の七人《セブン・オールドメン》である以上、警察組織はなんとかフェリセットから情報を得たいと考えている。

もちろん特Ａ級の罪人との接触に難色を示すお偉方も多かったが、今回は上から特別な許可が降りたことで面会が実現した。

持つべきものは出世した元同僚ってところだ。

殺人鬼《キル・ワンダー》。

国家級武力《ウォーロード》。

人類愛食家《ランシド》。

世界の恋人《エンプレス》。

大富豪怪盗《セレブリティ》。

破戒探偵《スルース》。

「どいつでもいい。世界に散らばって身を潜めてるこいつらの情報が欲しい。知ってるぞ、お前はありとあらゆるネットに接続して情報を盗めるんだろう？　何十年前のＳＦネタだって感じだが、本当にそんなことができるなら知らないことなんてないはずだ」

ネット世界を五感で享受し、あらゆる情報にアクセスできる。

それこそがフェリセットの厄介な技能だ。

その上演算能力はスーパーコンピューター並みだとか。数学は苦手だから俺には凄《すご》さなんて分かりもしないが。

「なんならお前自身の情報でも歓迎するぞ」

「そして持ち帰った情報をご主人様の耳元でささやくのか？ フギンとムニンのように」

「神話には詳しくない。いいから早く教えろ」

「人間なのに自分達《たち》の世界の成り立ちに興味がないのか？」

「神話は神話だ。おとぎ話と現実は関係ない。いいか、嘘《うそ》をついたって無駄だぞ。必要ならお前の頭から基盤を引っこ抜いて直接情報を集めてやる。さあ、無茶《むちゃ》をされたくないならさっさと教え……」

「私に嘘をつくなと言っておいて、君こそまた嘘をついたな、漫呂木《そぞろぎ》薫太《かおるた》。腹芸はしないと言ったばかりなのに、おかしな人間だ」

全く、やりにくいったらない。

その通り。今のは全部ハッタリだ。

そんなことができるなら誰かがとっくにやってる。

今もってフェリセットから情報を聞き出せていない上に、俺がわざわざこうして会いに来ているのは、人間には今のところフェリセットを解析する技術や方法がないからだ。

それだけフェリセットに用いられた技術は超科学的——というわけだ。

そして、だからこうして馬鹿正直に面と向かって「教えてください」と頼み込む以外にないわけだ。

「私から情報を盗むことは誰にもできない」

「……大した自信だな」

「それからもう一つ大事なことを教えておこう」

「あ？」

「私は嘘《うそ》をつかない」

フェリセットのその言葉はやけに印象的にあたりに響いた。

「正直者が売りだってんなら尚更《なおさら》素直に吐いてもらいたいもんだな」

「正直であることと、人間の希望通りに行動するということはまるで別の話だ」

フェリセットは駆動音と共に太い金属製の腕をこちらに伸ばす。

「ところで君はさっきこう言ったな。仲間の情報を売るのは気が引けるか？　と。重ねて訂正させてもらうと、我々は仲間などではない。少なくとも私は誰とも行動を共になどしていないし、通じ合ってもいない」

俺は三叉の指がゆっくり閉じたり開いたりするのを見つめていた。

「私達《たち》はチームではない。最初の七人《セブン・オールドメン》と名乗った覚えもない。君達が勝手にそう呼称して騒いでいるだけだ」

「つまり売るような情報を持っていないということか」

「いいや。持っている」

「なんだよ！　なら話せよ！」

確かに正直だ。

「それを話すか話さないかは私が決める」

「牢屋《ろうや》にぶち込まれてる分際でずいぶん偉そうじゃないか。痛い目を見た後でゆっくり喋《しゃべ》りたいのか？　解析は無理でもお前を破壊するぐらいならなんとかできるかもしれないぞ？」

「警察組織による暴力や拷問はよくない。もうそんな時代じゃないぞ漫呂木《そぞろぎ》薫太《かおるた》」

「お前が言うな！　お前を捕らえるために何人の機動隊員や自衛隊員が犠牲になったと思ってる！」

「あの時は私も人間から容赦のない攻撃を受けた。銃口を向けられて、弾丸を全身《ボディ》に浴びせられながらそれでも無抵抗でいろと言うのか。君達《たち》人間は時々無茶《むちゃ》なことを言うな」

「この野郎……」

「それに漫呂木薫太《そぞろぎかおるた》、痛い目と言ったが私に痛覚はない。従って痛い目にもあわない。できれば痛みを味わってみたいと考えてはいるのだが」

本当にやりづらい。

言葉は通じているのに、心が通じ合わない。そんな感じだ。

「適当なこと言いやがって」

「本心だ」

このままじゃ埒《らち》が明かない。

俺は残り時間のことを考えた。面会が許された時間はもうそう長くない。

腕時計も取り上げられているので正確な時間が分からず、それがまた俺をイラつかせた。

「どうあっても情報を渡さないつもりか……」

「残念だが今は渡せない。けれど、せっかく来てくれたんだ。別の情報で良ければ提供してもいい」

「別の……？」

「ただし、一つ私の願いを聞き入れてくれるなら、だが」

「ここから出せってんなら無理だぞ」

「そこまでの無茶は言わない。命を差し出せとも言わないから安心して欲しい」

「チッ」

相手のペースなのが気に食わないが、得られるものがあるなら交渉してみる価値はある。

「分かったよ。できる範囲のことなら考えてやってもいい」

「約束したぞ」

「だからさっさと言え。なんの情報だって？」

「追月断也《おうつきたつや》についてだ」

「あ……？　それは、お前」

いきなりよく知る人物の名前が飛び出して、俺は一瞬言葉に詰まった。その間にフェリセットは決定的な情報を俺に告げた。

「追月断也は生きている」

「なんだと……？　貴様……お前、それ……本当……なんだろうな？」

「私は嘘《うそ》をつかない。真実だ。生きている」

フェリセットは抑揚のない口調で淡々と言う。

生きてる。

追月断也が。

断也さんが。

「そ……そうか。……そうか！」

職務中だが、叫ばずにはいられなかった。

なんだよ。なんなんだよ！

心配させやがって！

不死の探偵。伊達《だて》じゃないな！

追月断也《おうつきたつや》の生還。

これは人類にとっての吉報だ。

「それで断也さんは今どこにいるんだ⁉　無事ならなぜ姿を現さない！」

「それは私の要求に応えてくれたら話そう」

「要求……そう言えばまだ聞いてなかったな。言ってみろ。油差しでも持ってきて欲しいのか？」

そう、俺が軽口を叩《たた》いた瞬間だった。

突然部屋の照明が落ち、あたりが真っ暗闇になった。

その直後、一瞬にして非常灯に切り替わり、あたりが真っ赤な明かりに満たされた。

「な、なんだ⁉　おい！　何があった⁉」

慌てて看守に呼びかける。

これは明らかな異常事態だ。彼らが把握していないはずはない。

「誰か脱獄でもしたか⁉」

応答したのはあの若い看守だった。

「い、いいえ漫呂木《そぞろぎ》さん！　そうじゃないんです！」

「ならなんだ！」

「それが……突然施設の制御が利かなくなって……！」

「なんだと⁉」

「うああ……！　か、勝手に全ての独房の鍵が開いていく……！　それだけじゃない！　刑務所の全ての出入り口が封鎖されてい――」

スピーカーからの声はそこで途切れた。

「出入り口が塞がれた……だと？」

「漫呂木薫太《かおるた》、君はもうこの施設から出られない。誰も出られない」

赤い部屋の奥で、フェリセットの目が光る。

「貴様…………やりやがったな！」

何をどうやったのかは分からない。だが、それは疑いようがない。

「私の願いは一つだ」

フェリセットの低い声。

俺達《たち》人間を真似《まね》た機械音声。

それが強化ガラスの向こう側からこう訴えてきた。

「探偵・追月朔也《おうつきさくや》をここへ連れてきて欲しい」

あとがき

小学校一年の夏、プールの授業の初端で中耳炎を患いました。

その夏僕は授業に一切参加できず、水泳学習でクラスメイトに大幅な遅れをとってしまいました。

復帰した翌年の夏、プールの中で味わったあの絶望は今も忘れられません。

「みんなはアメンボ……ボクは芋虫だ！　ゴボガボ……」

そんなわけで僕はいまだに〝水の中の世界〟に苦手意識があるんですが、それゆえに強い憧れと関心も抱いています。

プールにせよ海にせよ池にせよ、水の中が不思議で美しいのは言うまでもないことだけど、そこには何かとてつもない「恐怖」と「切なさ」も溶け込んでいそうな気がしてならない——という謎の感覚が、あの小学校の夏以来ずっと自分の中にある。

だから〝水〟に取り囲まれた『孤島モノ』の推理小説を僕が好むのは、ある意味当然のことなのかもしれません。

さて、巻をまたいで繰り広げられた今回の『孤島モノ』、最後まで見届けてやってください。

MF文庫J

また殺されてしまったのですね、探偵様3

2022年 5月25日 初版発行
2022年 9月30日 再版発行

著者　てにをは

発行者　青柳昌行

発行　株式会社 KADOKAWA
〒102-8177 東京都千代田区富士見 2-13-3
0570-002-301（ナビダイヤル）

印刷　株式会社広済堂ネクスト

製本　株式会社広済堂ネクスト

Printed in Japan　ISBN 978-4-04-681411-1 C0193

◇◇◇

【 ファンレター、作品のご感想をお待ちしています 】
〒102-0071 東京都千代田区富士見2-13-12
株式会社KADOKAWA　MF文庫J編集部気付「てにをは先生」係　「りいちゅ先生」係